藏族当代长篇小说译丛

骡夫记

拉巴顿珠　著
那拉草　译

青海人民出版社

图书在版编目（CIP）数据

骡夫记 / 拉巴顿珠著；那拉草译 -- 西宁：青海
人民出版社，2021.4
（藏族当代长篇小说译丛 / 龙仁青主编）
ISBN 978-7-225-05910-5

Ⅰ.①骡… Ⅱ.①拉… ②那… Ⅲ.①长篇小说—中
国—当代Ⅳ.① I247.5

中国版本图书馆 CIP 数据核字 (2021) 第 027764 号

藏族当代长篇小说译丛

龙仁青　主编

骡夫记

拉巴顿珠　著　那拉草　译

出 版 人　樊原成
出版发行　青海人民出版社有限责任公司
　　　　　西宁市五四西路 71 号　邮政编码：810023　电话：（0971）6143426（总编室）
发行热线　（0971）6143516 ／ 6137730
网　　址　http://www.qhrmcbs.com
印　　刷　陕西龙山海天艺术印务有限公司
经　　销　新华书店
开　　本　890 mm × 1240 mm　1/32
印　　张　7.625
字　　数　150 千
版　　次　2021 年 4 月第 1 版　2021 年 4 月第 1 次印刷
书　　号　ISBN 978-7-225-05910-5
定　　价　38.00 元

目录

第一章 父亲逝世后成为庄园的驴夫

夜深了，除了偶尔传来几声犬吠，一切悄无声息。人们都进入了梦乡，唯有阿佳吉巴家房柱上挂的铁灯盏还亮着。这盏灯以酥油渣和油渣为燃。锅烟熏黑的曲形橡木被照得红油油的，凹凸不平的墙面上挂着的黄铜瓢也被照得明晃晃的。地面的火钵茶罐上放着一块千补万缝的黑布炉盖，从那里的天窗朝上看去，群星商量好了一样，低头看向这小户人家。屋子一边的旧垫褥上放着刚过世不久的丈夫扎西的尸体，用陈旧的毛被絮裹着，一部分凌乱的头发还搭在外面。

阿佳吉巴因丈夫离世而伤心地以泪洗面。她的哥哥米玛在旁边极力安慰。儿子达彭又脏又黑的脸颊上，两道泪痕犹如陡坡上急流而下的水痕。他在一旁又是往火炉里添马粪，又是掀开砂锅锅盖用木瓢翻弄里面的面食。女儿潘多看着父亲的遗体，泪水如丰沛的雨水般止不住。随着黎明的第一声鸡鸣，房屋的壁缝和天窗突然袭来一股寒风，差点儿熄灭了油灯。邻居阿觉拉贵过来探望才得知朋友扎西已过世，于是很快从家里拿来一袋糌粑和一些酥油安慰阿佳吉巴，帮其解燃眉之急。天渐渐亮了，有邻舍接二连三地得知此事，以各自财力拿些东西来问候阿佳吉巴。

东方巍峨的山顶升起的太阳照亮了整个大地，哥哥米玛从邻舍送来的酥油中取了精华倒入两盏陶土神灯里，一盏在家里上供，另一盏拿去吉祥法轮寺上供，同时在寺庙的本尊释迦牟尼身像前祈祷，愿已故妹夫早日升往极乐净土。米玛返回的路上去庄园上报妹夫亡故的消息，听到消息的庄主心里却思量着：又少了一个驴夫，这该怎么办才好？

扎西的去世日渐打击着阿佳吉巴母子三人，尤其是阿佳吉巴，几天下来茶不思饭不想。她的眼前总是浮现出已故丈夫那被风霜摧残的脸庞和紧扣眉宇间那一丝伤感的细纹，耳边总是响起丈夫每次拉货出远门回来计算完工钱，长叹一口气说的话语："唉，我和我的伙伴们长途跋涉，克服艰难险阻，但家里依旧一贫如洗，三餐依旧饥肠辘辘，口袋依旧空空如也。"一想到自己从此没有了依靠，她心中涌起的伤痛就像夏日天空中突如其来的乌云一样越来越厚重。

庄园的家奴才旺突然来传话："阿佳吉巴，庄主让你去一趋。"听到这句话，母子三人面面相觑，愣了好一会儿。哥哥米玛过来轻声细语地说："吉巴，主人之命不可违，你准备准备，带着潘多去一趟庄园吧！"去庄园的路上，吉巴不安的心犹如奔流的河水难以平静。母女俩抵达庄园后，庄主清了清嗓音，傲慢地说："麦①吉巴，你丈夫过世已七天有余，现在也到庄园的驴夫们去拉货的时间了。目前，只能由你儿子代替你丈夫去运货，明天必须按时出发，不得有任何推辞！"阿佳吉巴眼里满含泪水，竖起两个大拇指，央求道："庄主请发发慈悲，让我的儿子在庄园待个一两年再……"不等她说完，庄主怒气冲冲地嚷道："你可别忘了，你们一家子的吃穿住行都拜庄园所赐，别废话！明天按时到就行了。"阿佳吉巴两膝跪地再次恳求，不料庄主一句"来人，快将她撵走"的命令后，左右家奴便把她赶了出来。

此时在家等待消息的哥哥米玛和儿子达彭像落入荆棘丛的鸟儿②般焦急得坐不住了。阿佳吉巴一回来就把庄主的原话讲给他们听。俗话说"饥荒又逢闰月"，如此雪上加霜的日子让吉巴一家人无比绝望。次日一早，哥哥米玛过来说："吉巴啊，我们做奴隶的别无选择，只能听命，与其这样干坐着，不如去给

①麦：称呼家奴时用的一种名词，表示卑贱的地位，相当于汉语中的"下人"。
②藏语表达习惯中将十分担心比喻成落入或被困在荆棘丛中的鸟儿，相当于汉语中的"热锅上的蚂蚁"。

达彭准备行装。"他拿来一块油团和一些糌粑，还有一件旧氆氇上衣交给吉巴："把这些给达彭！"阿佳吉巴为儿子准备了已故父亲扎西的一条旧呢绒裤和一双皮护膝，还有一些糌粑。

达彭出发了，阿佳吉巴泪流满面地和儿子相拥并行了碰头礼，她虽想对儿子叮嘱些事，但哽咽得说不出一句话来。妹妹潘多则在一旁伤心地低头哭泣。舅舅米玛背上行囊，牵着达彭的手走出房屋。此时的母亲和妹妹看着达彭的背影万分不舍，哭声越来越大。达彭迷惘地走出家门的那一刻，也迈向了自己充满艰辛与坎坷的人生苦旅。阿觉东珠和阿觉普哇已为驴上好鞍垫，准备就绪。米玛给他俩每人盛满一杯酒，嘱托道："拜托你们在路上多照顾一下我的外甥。"两人回敬道："你就放心吧，我们一定会的。"

他们解开牛脚绳放开驴，出发了。离开的时候，米玛为他们送行，他的眼里噙满泪水，看着达彭的脸说："欧喽①，照顾好自己的身体，要听两个阿觉的话。"三个驴夫从岗柔庄园出发，朝帕里方向走去。达彭一声不吭地紧紧跟在驴后，他的脑海里浮现出已故父亲慈祥的面孔和母亲、妹妹伤心欲绝的样子，感觉不到一丝一毫的疲倦。两位阿觉见达彭虽第一次跟驴，但没有表露出一丁点儿的疲乏感，便惊叹道："欧喽达彭，你可不像

---

① 欧喽：是西藏地区对孩子的一种亲切称呼，相当于汉语中的"小孩"或者"孩子"。

是第一次出远门啊！你这个孩子不一般哪，是个男子汉！"他们的称赞没有令达彭产生一丝喜悦，他低着头默默前行。

四天后，他们到了帕里塘尕。首先映入达彭眼帘的是玻璃塔般的觉木雪山，它像立于金盘中的尖顶白食子（朵玛），仿佛披上雪白的衣裳试图穿破湛蓝的天空，四周环绕着围墙般连绵起伏的群山。东南方向的宽阔平原上，一座伞扣般的小坡前，被称之为"热琼波多"的寺院亮堂堂地浮现在眼前。正面山坡上的山中小庙似搬移下来的仙界瑰宝。

他们来到帕里集市，一座长方形的山的侧面是五层高的石砌墙，四周矗立着六层高的四座城墙，中心是红色女墙的石屋，楼上有很多彩旗在随风飘扬，这个宏伟的建筑就是帕里宗（县）。达彭生平第一次看到如此雄伟壮观的建筑，目不转睛地在原地发愣。这时，阿觉东珠叫道："欧喽，看啥呢？快过来！"他这才缓过神来，跟随他们来到一座由草块铸造、大约十柱长的长方形楼式商场里。这个商场的每两柱之间有一家商店，这些商店的大部分东西都是从印度运来的生活必需品。路两侧的商店里有从不丹运来的响铜、桃子、干姜、西红柿、石榴等各种物品。西北方向连排着的五六个商店里有布料、茶、酥油、铁锅、哈达，以及很多土产、呢绒类货物。

街道上有前后藏、康、亚东、不丹等地的人来来往往。达彭眼前是一些身穿大袍、头戴尖顶的竹帽、腰部挂角把柄长刀的人。那些人的嘴唇，甚至牙齿都是红色的。达彭看到这些，不由得指着问："阿觉东珠，你看那些人。"东珠回答说："欧喽没见过不丹人吃槟榔，快过来，我带你去里面看看。"他们穿过一条小巷，来到一道又窄又陡的石阶前，上了石阶走进一扇门，来到一间宽敞的屋子。弯曲的柱子如舞姿柔美的舞者，阳光直射中间的一座楼房，屋内一片亮堂堂。楼上楼下都坐满了不丹人，他们用三脚灶石起锅，钢锅里冒着蒸米饭的热汽。旁边放着玉米、藤萝、青椒等开着口的草包商品。他们三人经过那里，见角落里有个不丹人从一个圆形容器中取出两片绿叶子，把它们叠放起来并涂上一种类似于酸奶的东西，搓成颗粒放进嘴里，然后咀嚼着吃了起来。阿觉东珠指着那个人解释道："欧喽，你看！这就是不丹人吃槟榔，他们将槟榔放进嘴里嚼碎后，再进行烹调就会呈现红色。最后，他们的嘴和牙齿就变红了。"达彭点头示意。屋子里不断有人来回走动，一片喧哗。他们走到石阶下，遇到一些新来的不丹人，那些人把背着的货物两旁的两根粗皮绳缠在额头上，手持着杖大步前行。那天晚上，他们露宿在一家大旅店。

傍晚，达彭去给驴喂饲料。他边忙活边环视四周，这个地方庄子门户多，房子都是由草块砌成的木制楼房。楼房四周的神垒顶上立有枝干茂盛的竹竿，竹竿上面饰有旌旗，那彩旗在他看来犹如无数朵花瓣争奇斗艳。他慢慢地将驴赶进院子里，拴在牛脚绳上喂了饲料。之后，他披着暖和的棉袄朝屋里走去。阿觉东珠看着饲料袋说："欧喽扣热①，你喂的饲料太多了，照这样喂，我们可就不够用了。"达彭心想：不给牲畜东西吃，哪儿有力气干活儿啊！自己第一次跟驴，又不能直说，便笑眯眯地慢慢喝自己的茶。过了一会儿，东珠对普哇说："我俩去问问店主有没有货运。"说完走了出去。达彭也跟了出去。他们到了旅店，店主急忙吆喝着让他们坐下。他们坐到地毯上，东珠恭恭敬敬地问："可否有三十捆货的运费给我们赚？"店主向自己身旁的一个康巴大老板问道："阿觉，请给他们三十捆货运吧，我可以做担保人。"大老板承诺道："看在店主的面子上，我就让你们运吧！"东珠向大老板请求道："我们的驴体力小，望您少装点儿货。""那半箱刚好。"大老板开始跟他们商讨运费和卸货地点等事宜。商量完后，大老板说："今晚已经很晚了，运费和发货单明天再弄吧！"说完，他们各自回去睡觉了。

翌日日出时分，东珠去督促大老板："请您把单子交给我们！"大老板从库房取来三十个箱子和三十捆布匹交给驴夫们："我得去请阿觉尼琼帮我写发货单。"过了一会儿，来了一位老人，他斑白的辫子·尾部编着丝线红辫穗，左耳戴着长耳坠，右耳戴着藏璁玉，耳朵上插着个细竹笔，头戴一顶皮帽，身穿一件缠

①扣热：对小一辈人做错事责怪的一种口吻，相当于汉语中的"真是的"或"太不像话了"。

着长腰带的旧呢绒氆氇大袍。大老板手拿墨水铜瓶和老人一同走了过来，店主边吆喝边将他们请进屋并敬了一杯酒。老人先干为敬，顺手摇了几下铜瓶。他右手拿起耳朵上的笔在墨水里蘸了蘸先写了几个字，然后向大老板询问驴夫的姓名和卸货地点等。他一股脑儿写下后读道：水马年九月二十九日，合同的主要内容如下：收件人：者胡康村的阿佳卓嘎啦。扎牙商人才盖啦让岗柔果贺庄园的驴夫东珠等三人运输一些百货商品。运输的物品有用草皮包裹的一捆二十匹布的十捆彩色旌旗、一捆十匹布的十捆帆布、一捆十五匹布的十捆白布等；由铁皮包起来的十五箱冰糖和十五箱红糖，现都已清点交货。运费为每捆75两，共有三十捆货，运费一共是2250两银子。现已交1125两银子，另一半运费交货时再进行计算。十月十八日要按时点交货物，延期罚金为每天1.5两，从运费中扣除。以上事项已达成协议，如有违背，或因其他情况致使货物不齐全，皆由以上三个驴夫按照拉萨的市价进行无条件赔偿。如不能，均按合同交给西藏地方政府处理。当事人东珠等三个驴夫按手印，担保人帕里店主诺曲按手印，寄件商人才盖按手印。他念完后，盖了章。大老板给老人敬了一杯酒，老人喝完酒将捋胡子说："我该走了。"大老板在店主那里买了一壶酒为老人送行。店主微笑着说："阿觉东珠，如果需要印度圆茶，我可以先给你们欠款。这样，你们手头就有些旅费可以花了。"东珠回答说："今天就算了吧！"等店主回去后，达彭问阿觉东珠："赚点儿利润难道不好吗？"东珠训斥道："你知道什么！回头让庄主知道了，那还了得！"达彭没再回话。

　　三个驴夫住的旅店大院里，住着各路货商和驴夫。从拉萨和前后藏运羊毛和牦牛尾巴在此卸货点交易；从这里运货去噶伦堡，从噶伦堡和岗多运各种印度商品在此卸货点交易；还有将货驮于骡、驴去拉萨和前后藏的人。旅店外面有很多打探运费、买卖、货币差价的人进来，里面又有很多客人向店主请求介绍大老板赚取运费或兑换印、藏钱币。总之，这家旅店的院子里不分昼夜，人流不断，非常地混杂热闹。达彭见状心想：得跟这家旅店的店主处好关系，日后必能帮得上忙。

　　三个驴夫分配好货，用皮绳把货捆绑好，以备直接驮于驴背。达彭在旁仔细观察两个阿觉的绑法并帮忙打下手。当晚，他们给驴喂了充足的饲料。翌日破晓，他们便从帕里出发了。

第二章　从印度运货去拉萨

　　他们赶着驴走在宽阔的草地上，驴脖上的铁铃在为达彭心中的哀歌伴奏，寒风吹翻衣领的声音好似屋顶被风吹动的旌旗。他们抵达霍扎时，初升的太阳照射在觉木雪山上，犹如千万层冰片堆上洒满了红花汁。草地上有很多地鼠正精神十足地寻觅食物，成群的斑马在山坡上悠然自在地奔跑。

　　达彭揉了揉睡眼回头看，只见环绕四周的雪山被阳光照耀得璀璨壮丽。那处伸展开来、象鼻似的山嘴完全遮住了帕里的面孔。达彭想到热闹非凡的帕里集市和眼前宁静而又宽阔的大平原，心中涌起一种无法言语的伤感。阿觉普哇笑着对达彭说："看欧喽的样儿，该不会是心系帕里了吧？"达彭以笑回之。那一整天，他们都走在苍茫的平原上，傍晚才抵达堆纳。百号人户的堆纳在圆枕般的后山前，东珠走到一户人家的大门前轻声细语地问："阿觉，能否给我们借宿一晚？"大门里走出来一个中年人，但他没有搭理他们。三人又饿又困，驴显然也乏了，一副要就地卧倒的样子。就在这时，另一侧有个老奶奶问："你们是从帕里过来的吗？累了吧？快跟我过来，我给你们借宿。"说着，带他们去了她家。东珠说："欧喽，你赶紧去烧茶，我和普哇去卸货。"他们各自忙活起来。这时，老奶奶拿着一桶糌粑和一壶酒过来对他们说："小伙子们！快过来，先喝点儿酒再烧茶也不迟。"她转身回去的时候，兀自嘀咕道，"远行的驴夫真是不容易啊！"

两位阿觉各自喝完一杯酒继续卸货，达彭边加火边喝了一碗酒糊。没过多久水就烧开了，他们围坐在一个小火缸旁烤火喝茶。东珠喝完一大口茶水后感叹道："以前，有关运费之类的事情都由阿觉扎西全权负责，如今要全落到我头上了啊！"达彭眼前顿时浮现出已故父亲那慈祥的面孔，他为父亲艰难的一辈子倍感惋惜。火缸里的火力渐渐变弱，像是在提示他们该睡觉了。他们各自钻进了被窝，没过多久，两个阿觉开始打起了呼噜，达彭却想起与母亲和妹妹分别时那伤心欲绝的一幕，他的眼泪不听话地落下来打湿了枕头。他背井离乡、跋山涉水的时日越多，思念之情便越发深浓。白天因劳累疲惫分了心，晚上躺下来才发觉浑身的胫骨酸痛，双脚更像着了火一样地烧着。

有时，他还会因无法忍受小腿抽筋的疼痛发出痛苦的呻吟。身体上的疲惫终究能使从小吃苦长大的达彭咬紧牙关熬过去，可思念母亲的痛苦要怎样化解。就在达彭毫无睡意的时候，外面传来驴脖上清脆的铁铃声，他起床去给驴添了草料，回来躺了会儿，这才睡着了。

鸡鸣报时，东珠先起来了，随后叫他的两个伙伴起床，他们喝了糌粑汤，开始装货。天没亮，他们就赶着驴启程了。天渐渐亮了，达彭发现这里是大平原。他们卸货、喂驴、烧水、打尖休憩，一直忙到中午。达彭问："阿觉东珠，这个平原叫什么？"东珠回答说："这个平原叫格日格塘，刚才的那个平原叫林玛塘。你看，东北方向烟雾弥漫的山腰处是哲色寺。"达彭朝那个方向仔细看的时候，东珠说，"如果我们不快些赶路，抵达多迁，恐怕天都要黑了。"他们赶紧装货继续赶路。太阳快要落山的时候，他们抵达了多迁，旅店里有一个大院子，他们把驴赶进院子卸货、喂草料。屋里床椅齐全，墙面上还凿了一个灶门，炉灶里的火热烘烘的，窗户都是双层的。达彭惊讶地跟旅店的看守阿觉说："这种房屋真是少见啊！"阿觉回答说："英国游客夜宿的地方和邮站都是这种房子。"

第二天，他们出发并抵达了噶拉。一座高大、连绵的后山将噶拉地区分为上下两个区域。前方有片波涛汹涌的大湖，旁边的小庙里有很多老人在转经筒。刺骨的寒风席卷着尘土，使人难以分辨天地的界限，风声大得使人听不见驴脖上的铁铃声。东珠埋怨道："这个鬼地方的风永远都是这么凶猛。"他左顾右盼地清点驴数，生怕它们走散。普哇和达彭则跑前跑后将走散的驴赶到一起。他们遇到了驰骋的骑士，看那些人的衣装、马具、马褡裤，可以肯定他们是大商人。达彭只瞄了一眼便无暇多看，迎着大风继续赶路。天黑时他们才赶到康马，三人围坐在一个小火缸旁烤火，狂风烈日的吹晒使他们的脸像煤炭一样，头发间、耳孔里、眼睛周围都是灰，伸向火缸的三双黑手像极了乌鸦的爪子。东珠往火缸里添了牛粪，搓搓脸说："去年经过噶拉巴塘时，因货捆子太沉死了两头驴，庄主既要我们赔驴又要我们赔运费和没有按时交货的罚金，这些都从我们的月薪里扣去了。当时别说养家糊口了，连我们自己在路上吃的干粮都没有。"普哇接着说："事实上那次并不是我们的过失，而是庄主要驴少吃多干，导致驴虚弱而死。那时候，我们已故的阿觉扎西也伤心地哭过。"听到这里，达彭心里很不是滋味。

第二天要走上坡路，所以丑时他们就从康马出发了。藏历二十九日的夜比往常更漆黑，达彭心想：所谓的中阴关也不过如此吧！他抬头仰望天空，看见璀璨的繁星，就假设星星里住着慈祥的母亲、敬爱的舅舅以及可爱的妹妹。以前，每当不用去庄园干活时，母亲总是疼爱地看着自己说："儿子，今天就好好睡上一觉啊！"妹妹端着一碗茶来到枕边说："哥哥，喝口热茶。"母亲从酥油盒里取一片酥油放进碗里，达彭先吹吹，然后喝上一大口又钻进暖暖的被窝里去。想到在家的美好时光，他禁不住泪眼蒙眬了。黎明渐渐驱散了黑暗，万丈光芒来到人间观赏万物并给人们带来温暖。这时，驴子也竖起两只耳朵忙着四处张望。大地稍微暖和起来的时候，他们在坡脚好好休息了一会儿，便继续赶路了。走到山腰，体弱的驴接二连三地一个个倒下，有些可以自个儿站起来，有些则只能卸去背上的东西才能站起来。他们气喘吁吁、手忙脚乱地上了坡抵达了山顶。供神石堆上插着的经幡被风吹动的声音丝毫没有停息的意思，东方矗立着巍峨的雪山，前方聚集着几户人家的宽阔之地是娘若谷。他们慢慢地赶着驴，经过坡脚的一片大空地。当晚，他们待在坐落于山间的娘若多东。店主问："阿觉扎西没来吗？"他们互相看看，一时半会儿没人回答店主的话。沉默了一会儿后，阿觉东珠压低声音说："阿觉扎西去世了，这是他的儿子。"店主看着达彭，同情地感叹道："欧喽，真是可怜啊！"然后，又问东珠，"你们有圆茶吗？茶钱换钱换粮都可以。"东珠答了一声："没有！"店主长叹了一口气转身走了。他们吹灭灯，也各自睡了。

翌日一早，太阳刚出来，他们就出发了。路越走越窄，左右挺立的陡峭石山像女魔愤怒时凶恶的面庞。普哇说："这里有凶狠的强盗，要小心啊！"达彭听到这话，看了看四周，还真是，如果有强盗从山上射击，想必再能耐也难逃一劫。于是，他提高了警惕。他们在这狭窄的通道里不言不语，只顾赶路。天将黑的时候，他们到了加毛那噶。旅店已满客，无奈他们只能在院子的一个角落里过夜。他们的嘴皮皲裂得直流血，尤其是达彭的嘴，裂得更加严重。他从行囊中取出一些出门前舅舅给他的油团烤火融化后，擦在他们各自的脸上和嘴巴上。他们从杂冉出发，午后喝茶的时间来到了浪卡子。这座城堡建在陡峭的山岬上，有四五层楼高。屋顶围墙呈红颜色，两边是很多亮闪闪的小窗户。城堡的周边居住着很多户人家，前方是广阔的青草地。东面能看到羊卓雍错碧绿色的湖面，南面视野之内，隐约可以看到茂密丛林中的羊卓桑顶寺。

第二天，他们从湖边的山间小路走过，前后经过哈昂、念巴耶奥、德龙等地的山中小庙。他们路过那些神圣的庙宇来到华德，又沿着羊卓雍错东面褊窄的山间小路继续赶路，抵达了称之为华德十八东秦的地方。他们从著称拥有十八个弯的华德十八东秦经过，在太阳落山之际抵达了岗巴拉坡脚并在称为扎玛龙的地方待了一晚。适逢羊卓一带各个地方的村庄，每户人家的院子里都安放了一台织布机。织布机上还放着没织完的藏被，可见这里的妇女都很擅长纺织物的经纬。羊卓一带的绵羊多而肥壮，羊毛细腻且柔软。

他们从扎玛龙出发，过了会儿就到了岗巴拉的坡坎上，没过多久，朝阳便照亮了整个大地。这时，他们来到了山顶。从山顶往下看，炊烟缭绕，柳枝缝中依稀可见各个岛屿上坐落的房屋，岛屿相互衔接的地带是一片片肥沃的田野，这些田野之间的界线很清晰，好像执笔者在纸上画的表格一样。山脚和山洼处的那些寺院和山中小庙似白荷花盛开般美不胜收。下坡的路遥远且陡峭，有些驴因骨节脱臼滚了下去，有些因背疮疼痛在原地躺了下来。三个驴夫手忙脚乱地赶着驴到了岗巴瓦泽。这个地方坐落在岗巴拉怀抱中，中心是岗巴庄园偌大的楼宇，周围环绕着很多户人家。他们在这儿休憩吃饭，待人畜都休息好后，东珠说："如果我们今晚赶不到岗巴乡塘，明天恐怕不能提前到码头。"说完，他们便启程了。

他们来到山顶，看见可与琉璃色相媲美的雅鲁藏布江缓缓流淌着，江边的灰色鹅卵石是退潮的迹象。他们经旁边的沙路抵达岗巴乡塘。为了第二天能早点儿到码头，他们天没亮就从岗巴乡塘出发，路经车沃山西面的狭道，太阳没出来时就到了码头。

他们一到码头便坐上了船，待满客后，木船摇动着驶向了河的另一岸。阿觉普哇笑眯眯地说："我跟驴已有六年了，从来没有像今天这样轻松过。"渡江上岸后，他们经过江岸的鹅卵石滩，走过山间的小路到了曲水。曲水村坐落在雄伟的后山前，村子门户多且很多人家都有一个大院子。大部分房屋，中间有个长柱子走廊，里面有个大厅，两旁建有小寝室。村庄东面是一片土质肥沃的田野，前方缓缓流过一条小溪。这里水土好，房屋设计精巧，气候凉爽宜人，人说话委婉动听。这些特点使达彭觉得生活在这里的都是有福气的人。那晚，他们钻进被窝时发现没有往常般彻骨的寒风，这使他们感到无比温暖和舒适。太阳刚升起来的时候，他们从曲水出发了。路的右边是奔流的江河，左边是陡峭的石山，路面全是卵石。走着走着，还可以看到山洼中的一些寺院和庙宇。太阳离落山只有一弓之远时，三人抵达了绛。达彭指着北面山腰处的大寺院问："阿觉东珠，今天我们早点儿卸货打尖，去那个寺院朝拜怎么样？"东珠回答说："那个寺院里只有一两个僧人。""那是为什么呢？""那个寺院除了每年藏历十一月份从色拉寺、哲蚌寺、噶丹寺、惹堆寺等寺院里来一批僧众举行绛普寺冬季法会以外，平时只有几个看守人。"达彭遗憾地朝那个寺院遥望了许久。

第二天早上，他们依然走在狭窄的小路上，没多久便到了一处满地沙土、四周环山、相对比较宽敞的地方。从那里朝南望去，远处的拉萨河与雅鲁藏布江汇聚在一起。江河另一岸的小山上是红白相间的贡嘎寺，寺院下面隐约可见一些人家。北方的近处山洼中，惹堆上下两个寺院巍然屹立。刚过正午时分，他们到了聂塘。威名远扬的聂塘度母神庙的门朝向路的一角，达彭急忙进庙朝拜。一位年迈的庙祝先生喜迎达彭，并看着一尊身像介绍道："这是阿底侠尊者的本尊神能言度母，这座度母神庙也是以这尊佛像命名的。"达彭摘去头上的毛线暖帽放到地上赶忙磕头，磕完头马上朝外跑去，一会儿就赶上了驴帮。他们走过山嘴时，西面的山壁上有一尊身量高大且看不餍足的浮雕佛。他们远远地拜了拜，继续赶路。走完坡脚的路程，他们又看见一个庞大的供神石堆。他们朝东站着，华盖般的云彩堆下布达拉宫好像珊瑚树的顶部装饰了金瓣，华丽而庄严。达彭从宽敞的道路上走过，看见辽阔的田野和被茂密的树木环绕的三四户人家，顿觉心情舒畅，一时竟忘记了疲惫。

当晚，他们露宿在附近的一个村庄里。翌日，太阳没出来前，他们出发经东嘎抵达当巴。村庄北面既密集又宏伟的哲蚌寺殿顶金光闪闪，华盖、宝幢、经幡，一个比一个更胜一筹，乍看整个寺院，像堆积起来的很多捆白米中间绽放出的金色花朵。法会好像刚结束，有很多僧人来回走动。乃穷寺的殿顶在哲蚌寺东面茂密的丛林间金光四射。达彭心想：我走了这么远的路程，虽路经数不胜数的山中小庙和寺院，但从未见过这般宏伟壮观的大寺院。他面朝哲蚌寺，双手合十在胸前，祈祷已故父亲升往极乐净土，亲爱的母亲和妹妹能健康快乐。他们从那里出发，路的北面是长满芦草的沼泽。芦草间缝清澈的河水里有一群群鱼儿在悠闲嬉水。天空中一对黄雁在歌唱，芦草丛中有黄野鸭回应，好像在召唤彼此。这些使达彭目不暇接，心中乐开了花儿。有时，他会因精力分散一不留神儿踩在石头上差点儿绊倒。他们走了一会儿，路上的行人和牲畜逐渐多了起来。有僧人背着卷拢的包袱往寺院走，有赶着马、骒、驴等驮畜赶路的人，有衣衫整洁、纵马驰骋的人，还有赶着乳牛、山羊、绵羊去苇塘的人。总之，这条路上行人非常多，所以他们不得不从路的一角慢慢地赶驴。

达彭边走边向南看，弯曲的长方形沙堆像一条魁梧的白龙伸展了身体睡在那儿。从沙堆直面过去，坐落在山脚的色拉寺在密布的云彩中金光四射。这个地段的山脉高险陡峭，坐落于山坡上的红、黄、白色小庙好像在观赏圣地拉萨的美景。南面的药王山像跳向天空的狮子般雄伟，山顶坐落着众益药王寺，建筑风格奇特，屋顶装饰着似金的顶冠。

他们抵达沙河堤的边界时，右边的旺洼山被茂盛的草木覆盖，丛林缝隙中可见那白色的围墙。山鸡身披五彩羽翼，头顶珊瑚色鸡冠，休闲自在地漫步。他们从沙河堤后面绕着走过来，浮现在眼前的是坐立于马路中央的大佛塔及左右两座山上的小佛塔，这三座佛塔上镶嵌着金铜质地的日月十三法轮。大佛塔下那扇东西向的大门，像是作为圣地拉萨共有的大门而敞开。进入大门后，仙界的宫殿般宏伟壮观的布达拉宫完整地浮现在眼前。正房的屋顶边缘围着紫红色头巾似的柽柳女墙，泛着红宝石色的中央楼阁左右是冰片般白皙的白色宫殿，多扇窗户风格别致。东西两扇大门中间的石阶旁有如彩色围裙般色彩相称的马牙墙，将整个红宫装饰得无比美丽。达彭站在那里，面向布达拉宫专心晋谒，心想：以前见到帕里和浪卡子等地方很是惊讶，如今见到这一宏伟绝顶的宫殿才知道什么叫小巫见大巫了。就在这时，阿觉普哇嚷道："欧喽扣热，赶紧的，驴往村子方向跑了，快赶回来！"达彭听到阿觉的喊叫，像从睡梦中惊醒了似的。他见驴正向雪村方向跑，便急忙去赶。东珠说："我很理解欧喽的这种反应，我第一次到拉萨也是这个样子。"他们三人赶着驴从雪村前经过，向东穿过一处平原，过了一座桥并跨过一条支流，抵达了鲁固。这里的房屋都有两三层高，街道上有许多人在匆忙奔走，达彭意识到自己真的到了拉萨。

他们来到一个十字路口，东珠向一个阿佳询问道："阿佳，者胡康村在哪里？"阿佳指着南面的一个大户人家说："就是那里。"他们赶着驴朝那个方向径直走去。他们跨过门槛，见中楼漆着黑漆的门窗前有个阿佳，东珠问道："请问阿佳，卓噶住哪里？"她回了一句："就是我啊！"东珠继续说："大老板从帕里让运来这儿的东西到了。"他一边说一边从旧皮包里掏出发货单交了上去，阿佳翻开发货单看了看盖的章子便上楼去了。过了一会儿，走过来一位较年长的阿觉，他身穿一件稍旧的毛哔叽长袍，头编一根粗辫子，戴着金耳环。他看了看发货单后开始检查货物，仔细检查了箱子上的皮带和铁钉，还有布料箱子上的铁箍环节等。东珠说："东西没问题，请放心。"阿佳看着阿觉说："交货日期没迟吗？"阿觉说："不仅没迟，而且还早了两天，应该付他们 125 两银子。"说完，他将发货单放到阿佳手里，朝楼上走去。阿佳这才打开楼下仓库的门说："请你们把东西卸在这里吧！"

拿到运费后，东珠问："阿佳，有没有羊毛捆子给我们运？"阿佳回了一句："没有。"他们正准备赶驴的时候，阿觉普哇嘱咐说："欧喽，当心点儿啊！如果驴在路上挖坑或撞上小孩会很麻烦的。"达彭点头回应他。他们走过混乱的集市来到一条小路的西面，见一扇大门上挂着红黄相间似彩虹般的氆氇横帘，旁边的方形骑马磴（上马石）上雕刻着一个"德"字。他们径直走进去，来到一个地面铺着石板的大院子里。他们开始在那儿搭长绳拴驴，稍坐休息后给驴喂了饲料。这时，屋里走出来一位五十出头的觉啦问他们："你们是从岗柔庄园过来的驴夫吗？"他打开马棚旁一间屋子的锁说，"这是你们的住所。"

他们走进屋见墙根铺着一对长地毯，中间放着个矮方桌，整个屋子满是灰尘和细秸。达彭从墙角拿起一块布擦了擦桌子上的灰尘。他们正找碗筷准备去吃饭时，两个女奴送来一桶糌粑和一壶茶水。休息的时候，普哇从马棚取来一把秃笤帚把屋里清扫干净，东珠和达彭则去院子里卸驴的鞍垫。达彭抬头时，见朝南的大门上是四面向阳窗，上面还有四面大玻璃窗，左右两边各有的两扇小玻璃窗下还各有两扇挂有白窗帘的小窗户，这是寝殿的正房。两层高的正房前由两层高的房屋围绕，下层是马棚和饲房,还有仓房等。正房西面那扇被烟熏黑的大门里有很多仆人匆匆忙忙地来回跑动,那是寝殿的厨房。马棚里的长绳上拴着五匹马骡,它们高抬着头颅,身体健壮,皮毛似缎子般光滑。

达彭朝动静很大的楼上看去时,见靠窗坐着一位老人,一头白发在头顶挽成发髻,脸颊上长满了白胡须,上身穿一件暗紫色缎子,身旁的侍寝官正贴近老人的耳旁说着什么。达彭睁大双眼看的时候,东珠走过来说:"那位是咱们寝殿的大老爷,别那样傻看。"阿觉领着达彭往屋里走去。进到屋里后,阿觉嘱咐道:"欧喽,你如果在这里遇到我们的老爷父子和少夫人,还有管家老爷一定要恭恭敬敬,他们是我们身心的主人。"达彭没有回答,只是拿起桌上的碗喝着茶水。

第三章　到拉萨后的见闻

太阳快落山了，底楼门口的长影渐渐地盖住了整个院子。驴饿得叫了起来，达彭从井里打来一铁锅水，撒上糌粑准备喂驴。他长叹了一口气，东珠立马跑过来叮嘱道："叹气声小点儿。"顺便提了一下饲料袋埋怨道，"欧喽扣热，照你这样喂下去，饲料很快就会喂完。饲料喂完了，你掏钱买吗？"达彭见他表情十分严肃就没即刻回嘴，过了一会儿说："饲料不够，可以从运费里买。""运费回头可是要一五一十地上报给庄主。""牲畜为庄园卖力，饲料理应由庄园报销啊！"就在他们争论不休的时候，来了位脸庞白皙圆润、头顶挽着发髻、身穿一件深蓝色缎子并披着大袍的年轻小伙子和一位看似与他同龄的侍寝官。

普哇从屋内跑出来，躬身站在一边。年轻人看着驴，对东珠说："这些牲畜不仅体弱而且大部分都有背疮，你们是不是只顾着让驴干活儿，没好好照料！"东珠和普哇摘掉帽子低着头，吐了吐舌头，接连答应道："啦①！啦！"达彭没有拐弯抹角，直白地说："庄主要我们少给牲畜吃的，让它多干活，管家也遵照庄主的要求在我们出发前只给了我们半袋饲料……如果驴死伤也是从驴夫的工薪里扣钱。"年轻人说："这种话如果让别人听到定会给我们寝殿冠上骂名。欧色，快去叫司库来一下。"说完，他对达彭微笑着说："很好！你是个勇于直言心思的耿直人，我喜欢你这种人。"司库到了，年轻人问："仓库里不是有很多有旧味的糌粑嘛，给他们四捆糌粑。"司库回道："回禀少爷，管家老爷已上交册子，这二十捆糌粑要做供物施舍给乞丐用。"少爷说："那些可以用新鲜糌粑，倘若不给他们糌粑，牲畜就没有吃的了。"司库说："要不这样吧，少爷给我拟一张收据。"少爷吩咐欧色："你去写个四捆糌粑的收据给司库。"又转向三个驴夫，"去领糌粑吧！"说完就离开了。

东珠不敢去领糌粑，他叹着气夸张地说："这下闯祸了，如果这事儿让庄主知道就不得了了！"普哇笑着说："阿觉，有必要那么害怕吗？"达彭表态道："如果庄主知道此事，就说这都是我达彭的主意，尽管问我的罪就是了。"说完，他俩去领了

---

① 啦：是下人对主人命令的回应，相当于汉语中的"遵命"或"好的"。

糌粑。回来后，他们商量着去找羊毛捆子，东珠对达彭说："你就好好待在这儿收拾驴粪和饲草残渣，我出去找羊毛捆子。"说完走了出去，普哇也跟着出门了。达彭虽很想去，但又不得不听他的话。他把驴圈打扫干净后回屋喝了碗茶，然后将旁边的四捆糌粑袋一个个打开闻了闻味，选了一袋旧味淡的做了标记。

这时，年轻的侍寝官过来问："你今天一个人吗？两位阿觉去哪儿了？"达彭微笑着回话："他们去找羊毛捆子了。"年轻的侍寝官又问："兄弟怎么称呼？多大了？""我叫达彭，今年二十岁。"侍寝官说："我叫欧色，老家在大庄园，今年刚满二十四岁。我从七岁就来这里侍奉少爷，少爷去读书的时候我也跟随侍候他，顺便还学了点儿字，现在将就着能读写了。兄弟到拉萨还没去过市中心吧？明天我带你去市里，后天是一年一度的藏历十月十五天母节，去拜天母刚好。"达彭拜神心切，便问："如果两位阿觉明天要启程回去可怎么办？"欧色说："如果他们准备启程，你就提前过来跟我说。"达彭突然想起旧糌粑的事，便说："听阿觉东珠说，昨天我向少爷禀报实情和少爷恩赐我们糌粑的事，如果让庄主知道可能会出大事。"欧色笑着说："这个你不用担心，回头我向少爷汇报请他亲自写封书信，你带回去。实际上那些人都是串通一气的，小庄庄主对大庄庄主逢迎附和，而大庄庄主是管家老爷的弟弟，管家老爷平日里在我们大老爷面前对他们夸夸其谈，到头来扰害的是平民……"这时,门外传来跺脚声,东珠和普哇回来了。东珠气喘吁吁地说:"扎那雪虽有很多捆羊毛,但不让驴运,我们明天可能要空赶着驴回去。"欧色接过话来:"阿觉,你们明后天买些琐碎的东西,大后天启程不是更好吗?"东珠没回欧色的话。之后,欧色便回去了。傍晚时分,欧色过来给他们每人分发了七两银子和五钱说:"这是少爷给你们拜吉祥天母用的钱。兄弟,这是我给你的。"他另外从怀里掏出七钱给了达彭,他们三人站起来反复道谢。

第二天,达彭早起洗漱干净后给两位阿觉烧茶。他刚含了一口糌粑,欧色便过来叫他,而东珠又不得不顾及欧色的脸面让他去。东珠决定跟普哇去小昭寺和鲁固等地找羊毛捆子。达彭和欧色从寝殿大门出来,走了一会儿,便到了八廓街。欧色带达彭去了翁堆庄园。那里早就摆好了摊子,人头攒动,道路显得非常拥挤狭窄。达彭怕跟丢,一直紧紧地拽着欧色的衣角来到马市。马市上有很多搭好鞍垫、势头高的坐骑和骡子,它们好似在互相攀比。左右都是看马牙、袖内拉手和驯马的人。还有少许人在做黄牛和驴子的买卖。他俩经过市中心来到一处私家摊子,这个摊子上摆着旧衣物和各种铁器,甚至还有各式各样的钥匙。达彭瞄了一眼后经过一条小道,来到一处宽敞的地儿。这里的集市上有卖各种毛毯垫褥、马鞍垫的,也有卖绿松石、珊瑚、珍珠、琥珀等珠宝的,还有卖哔叽、缎子、棉布、氆氇等衣服料子,藏铁、门扣、钥匙环等多种铜铁类玩意儿的。

地毯上摆着琳琅满目的商品，整个地方显得狭窄拥挤。

　　过往人流形成的烦冗和噪音使达彭头昏眼花。他加快步伐向西走去，道路变得更狭窄了。道路两旁都是店铺，之后到了一处行人较少的地儿，达彭才稍微放松下来，逛了逛。店铺的玻璃柜里摆满了各式各样的商品，外面摆着食物的地摊右角有个卖堆佳^①的商人。达彭想到一件往事，妹妹潘多小的时候捡到母亲放在天窗的一方块儿堆佳，拿到外面用石头砸烂了。母亲知道后斥责了妹妹，之后小心地将一块块儿堆佳从灰土里捡了回来。"阿觉欧色，我买个堆佳。"等他买完五列堆佳交了钱回过头时，前面有两个头戴满是污垢的黄碗帽（博朵）和身穿陈旧棉大袍的人拦着路说："此路是我开，要想从这儿过，留下买路财。"欧色朝达彭喊了一句："达彭，快过来！"那两人见是欧色，便啥也没说离开了。他们从那里一路逛过来，有些商店门旁摆着毛绒衬衣、裙子等。达彭虽想买，但想到刚才的情景就没敢买。他们加快步伐走到一个朝北的门前，里面有很多人手提篮子进进出出。达彭转头往里看，见很多人正在踊跃购买排放在台子上的牦牛肉，不禁暗自发笑。大门两旁是卖熟脏腑和干肠的人，还有很多嗜肉的狗在那儿跑来跑去。继续朝西，便走到了甘丹达千旁。再朝南，八廓街一家接着一家的各种商

---

① 堆佳，一种用优酸乳制成的、相当于女性护肤品的面膜。

店似珍珠串一样排列着，商店里有氆氇、协玛、加络、围裙等毛织品，有男女帽子、各种布匹、经幡等很多印度商品。八廓街南面的商店里有陶瓷瓶，马骡的铁蹄、铁钉、铁板和铜板，还有十层、五层的钢精等。另外还有鱼糖果、橘子糖果、白糖果、冰糖圆块、红糖圆块、干桃、干奶渣等小吃。大昭寺殿门抱厦前的一些商店里有各种染料、板蓝、胭脂，各种书籍、各种药物、各类印度货。

传说，大昭寺殿门抱厦前的那棵老柳树茂密的枝头被称作释迦牟尼的头发，前面还立着舅甥碑。殿门抱厦的楼上建有金铜质的祥麟发轮，楼下的地面上铺着石板，整个空间布局美观。朝西的大昭寺大门两侧，有十分威武的四大天王壁画。北面有一个约一层楼高的大转经筒，周围有很多人在跟随着铃声转经筒。下面的石板上有很多磕长头的人，还有许多来回走动的人和双手合十诚心祈福的人。老柳树前排列着很多商店，里面有金东纸、不丹纸、普通纸等藏纸，也有印度的吉祥草、孔雀尾羽、锦缎、玫瑰、缎子、朱仔①。

达彭经过那里时闻到了一种奇怪的味道，他见一个头戴白帽、身穿黑衣，里面的白衬衣到膝盖上方、下身穿一条白短裤的人安静地坐在凳子上，左手拿着个香炉，嘴里插着一根细木

---

① 朱仔：一种布料。

棍，用嘴从木棍尾部用力一吸，嘴巴和鼻孔里顿时喷出好多蓝色的烟雾。达彭惊奇地问："觉啦，那个人在干吗？""哈哈哈！那是尼泊尔人在吸一种叫霍尕^①的水烟。"他们走进尼泊尔商店，里面有铜绿、石青、银朱、各种油漆等。从那些商店出来继续往前，便到了朗子厦、弥勒殿、转经殿及以四个塔门组成的噶郎郭熙的中央。那一道都是商店，里面有线团、卷纸、铅笔、小镜子、圆茶等各种各样的日用品。

他俩逛完整个八廓街，回到寝殿时只有阿觉普哇回来了。阿觉普哇对达彭说："欧喽，我需要买一些奶渣。"达彭说："翁堆庄园有卖的。""那咱现在就去。"他俩又去了一趟集市，普哇买了一些奶渣和干辣椒，达彭买了一件衬衣和一条裙子后还剩二两银子，于是用一两银子买了点儿路上吃的碗面酥油。他俩见旁边有卖防尘镜的，又各自买了一个回去。回到寝殿，东珠正在院子里等他们。

东珠阴沉着脸生气地看着达彭说："你一整天到哪里瞎晃悠去了？"普哇打开房门进屋给大家倒茶。东珠一进门就坐到毯子上，摘下毛线暖帽扔到地上说，"没找到羊毛捆子，我们明天就出发。"其他人静静地坐着，没有说话。这时，欧色拿着一双藏靴和一封书信走进驴夫们的房间，坐到达彭旁边说："达彭

---

① 霍尕：一种水烟。

啊！你看，你的鞋破得连里面的草垫都出来了，衣服的膝盖处和袖子边破得像宝幢一样。你这样上路，负尸会的人会以为你是个来自穷乡僻壤、衣服破烂的有钱人而去抢你的钱财。这里有我的一双藏靴你拿去穿，还有一封信要你交给你们的庄主。"之后又对两位阿觉说，"明天拜完吉祥天母，后天就出发吧！"达彭和普哇一起看向了东珠，东珠赶紧回答道："拉索①！"欧色思索了一会儿说："噢，我想起来了，这次你们一共赚了多少运费？"东珠回答："一共四十五个银章。"欧色登记完后就回去了。达彭眼里满含泪水，抓着欧色的手反复道谢："阿觉欧色，谢谢您！"晚上，普哇和达彭聊着这一天在集市上的所见所闻一直到很晚。东珠不睡觉，一声不吭，一直在不停地叹气。

达彭早起给驴喂好饲料和水，走出大门。他看见身着盛装的老老少少包袱里装满供品，手里拿着酒壶在街上似流水般前进。八廓街的上空弥漫着煨桑烟。达彭回到屋里时，两位阿觉已起床喝着茶。达彭从标记好的糌粑袋里取来一碗糌粑放在他们面前，东珠含了一口说："这个糌粑几乎没有旧味，快把我们的糌粑袋拿过来！"于是，他们三人把各自的糌粑袋塞得满满的。待他们忙活完已是晌午，三人径直走向八廓街，见很多人在等待天母的到来，他们也站在了人群中。

---

① 拉索：表示遵命或领命。

　　不久，四门塔方向吹螺、吹唢呐的四个僧人同抬螺的两个僧人匆忙走过来，面朝西方，吹响了螺和唢呐。当所有人都一并看向那里时，一位手拿禅杖的比丘和一位手拿金刚橛的咒师站在队伍后，他们后面跟着四个拿着香炉的僧人和戴着摩伽罗和狮子面具的两个僧人，扮红脸的东恰嘎玛坚吉嘴里喷着气也走了过来。最后，吉祥天母威严的身像被缓缓地抬过来，天母头戴各种珠宝，周身镶嵌有宝珞的头骨骷髅，服饰华丽高贵，又大又亮的双眸下微张的嘴里露出几颗洁白的牙齿。很快，天母身像被抬到了八廓街的人群中。顶部打开了一把孔雀羽毛做的伞，左右两边抛献的哈达像飘落的雪花。善男信女们双手合十在胸前祈祷风调雨顺、羊肥马壮。有些人暗自嘀咕道："今年天母脸色好，来年肯定又是一个丰收的好季节。"他们三人因亲身拜了天母而万分激动。

　　达彭对这次的出行印象深刻：人群中有将僧裙揽到低处且用僧服将上身裹好的，一看着装就知道是品行端庄的比丘；也有些僧裙前后起皱并揽到膝盖下的。大部分俗人头编小辫子，发尾编红线穗子。左耳戴绿松石镶嵌的金耳坠，右耳用红松石装饰。上身穿细白布、茧绸做的长袖上衣和毛哔叽或氆氇、协玛等做的大袍。衣服揽到膝盖上面一点的高度，脚穿高腰皮鞋或绒靴，给人一种干净、精干的感觉。公职人员的服装与普通平民不一样，他们头戴大博朵，耳戴长耳坠，短袖袍子揽到低处，背着汉刀和碗套，侍从们则根据地位穿着不一。拉萨的姑娘们将头发编成两条辫子，发尾编上彩色的穗子，从额头部位中分到头顶，再分出一些头发盘成圆形，并在上面装饰一个珠冠；长袖哔叽和毛呢大袍上套短袖，脚上穿红绿毛呢镶边的高跟女式靴子。她们戴钻石、珍珠、叉丝等用金子镶嵌的耳饰，给人一种美丽、高贵且大方的感觉。见穿羔裘的北方人，就知道他们来自寒冷的地区；看到街道上那些没有东西吃而到处乞讨的乞丐，他心里无比难受。悲喜交集的情绪像水面浮起的涟漪，涌向了达彭的内心深处，使他深受打击。他想到自己家贫穷的境况，默默下定决心，今后一定要努力工作，让家里的生活有所好转。

第四章　途中顺便去看望母亲

天还没亮，寝殿的石板中央响起了驴脖上的铁铃声。欧色没来得及系鞋带，披了件大袍就来到院子里，他不舍地看着达彭说："欧喽达彭，慢走啊，咱们再会。"达彭想到阿觉欧色对自己的恩情，还有对圣地拉萨的眷恋时，难舍之情溢于言表。他激动地说："阿觉欧色，保重身体啊！"说罢，迈着不舍的步伐走出了寝殿的大门。

从岗巴拉山顶往下看，羊卓雍错宛如一大片蓝天飘落到了大地上，旁边辽阔的大地上居住着零散的人家。三个驴夫欣赏着美丽的景色从山顶走下来，来到湖边弯曲的小路上。泛黄的草场上，肥壮的牦牛、山羊、绵羊各自安睡着；湖面上，水鸟和大雁歌唱着自由飞翔。看到这美好而和谐的一幕，他们的步伐都轻盈了不少。他们三人在白地住了一晚,白地刺骨的寒风驱散了他们的睡意。第二天,寒风吹进达彭的破鞋洞,他的脚失去了知觉。抵达浪卡子的那晚,他想起了阿觉欧色送的那双靴子,于是掏出来看了一眼。那是一双靴口磨旧、靴筒用氆氇缝边、靴底用棉线缝纫的靴子。他终究还是没舍得穿,想着如果将这双靴子送给舅舅,他肯定特别高兴。他将靴子装回原来的袋子里,然后在自己的那双破鞋洞里塞了点儿草料。东珠说:"我们明天在这儿待一天,务必要找到运去帕里的羊毛捆子。倘若让庄主知道我们什么也没运,肯定会受责骂。"说完,他就出门了。找到货的第二天,他们对货进行了秤重、计算,写了发货单、拿秤单。

第三天黎明,他们又出发了。刺骨的寒风,使他们的脸和手像被锋利的小刀划破了一样疼痛难忍。但不同以往的是,他们抵达客栈后,有足量的糌粑可以吃,而且还有可以跟糌粑一起吃的奶渣和辣椒、茶水里放的酥油;睡觉的时候可以用羊毛捆子围成墙,里面再铺上羊毛。这样不仅能消除疲劳,还能驱散寒冷,睡个好觉;牲畜的饲料也很充足,遇到路况不好或体力不足的情况时,可以给驴提供垫肚子用的糌粑团。待人和牲畜的体力有所增加后,他们只用了八天的时间就抵达了帕里。

清点交货的时候,老板以少了三捆羊毛为借口准备从运费里扣钱。东珠只顾瞪着个大眼睛啥都不敢说,达彭则立刻走到老板面前说：“我们以三宝之名发誓从未偷过羊毛。”他一直坚持说理，最后，老板说：“那这样，你们赔半价就行了。”达彭仍想以理说服的时候，东珠连连点头说：“好的，行行行。”达彭睁大了双眼，看着东珠的脸没再争下去。

他们点交完货，赶着驴回到了客栈。喝茶的时候，普哇说：“刚才要不是达彭评理，我们肯定要吃大亏。”话音未落，东珠立马打断：“欧喽，你去给驴喂点儿东西吃。”达彭出去后，屋内的东珠和普哇一声不吭，静静地待着，东珠想到明天找货的事又开始叹气。翌日一早，他们去找店主问有无货运，店主说：“印度的一些小东西已运完。这儿的一些优质氆氇等贵重物品和四十箱橘子都是要迅速运往拉萨的，准备用骡队驮运，除了这些，再没有别的东西了。”

达彭吃完早饭去帕里宗附近溜达，大地被霜覆盖得白茫茫一片。有些人的胡子上结的冰像透明的玻璃碎片，男女老少头戴皮帽，将全身裹得严严实实。他们身穿羔裘，双手塞进口袋，脖颈显得有些僵硬，整个身体都蜷缩起来，迈着小碎步来回走动。达彭随便逛了逛后回到客栈，阿觉东珠垂头丧气地看着他俩说：“我可能只会跟驴，不适合去找货捆。”普哇安慰道：“觉啦，别太担心。明天我们一起去找。”太阳快要落山的时候，达彭按时去喂驴，喂完驴回来见阿觉东珠仍在叹着气，心想：不就是一两天没找到货嘛！有必要这样吗？于是对东珠说：“阿觉东珠，没事，明天我们一起去找。"

第二天一早，他们三人去找货捆。达彭挨家挨户逢人就打听询问，最后在扎户康村家门前遇到一位穿缎子面羔裘的康巴小伙子答应让他运货。他回到客栈告诉他们自己找到了货并于第二天装货、写发货单的消息，还跟他们商量先在店主那里欠账拿一些圆茶。东珠不答应，达彭生气地说："阿觉可真是胆小，如果庄主知道此事，我一个人承担后果。"他斩钉截铁地承诺。普哇说："阿觉，你看！欧喽都这样说了，再说有吃的也是咱一起吃。"听他们这么说，东珠也就不得不答应了。从帕里出发前，达彭和普哇跟店主借了一些圆茶，分别搭载在三十捆货上。他们赶了四天的路程就到家了，每人分出七串圆茶拿回家用。

达彭走进家门，见到正在织羊毛线的母亲，竟哽咽得说不出话来。他眼里满含泪水，静静地看着母亲的脸。母亲见儿子来，丢下手里的纺锤，泪流满面地跑过来与他行碰头礼。过了一会儿，达彭问："母亲身体可好？潘多去哪里了？"母亲用颤抖的声音说："我挺好的。自你出远门那天起，潘多就被叫去给庄园做家奴了。"母亲准备给达彭倒茶，她往碗里放酥油的时候，舅舅也到了。舅舅笑眯眯地打量了一番达彭，说："好好好！我们家欧喽真的像个男子汉了，路上辛苦了吧？"舅舅正问的时候，外面传来了一声"达彭哥"，潘多妹妹气喘吁吁地跑回来说，"我一见到庄园门口的驴，就猜到哥哥回来了。"她仔细看了看哥哥，笑着说，"哥哥老了不少呢！"

达彭从袋子里拿出吃剩的酥油对潘多说："潘多，你快打个酥油茶。"他边说边掏出圆茶、糌粑、奶渣等放在了旁边。达彭是头一个往家里拿七串圆茶的人，母亲很是惊讶地想问个究竟，但在哥哥米玛面前又不敢随便问。舅舅笑呵呵地询问达彭路上的一些情况，达彭一五一十地回答了他。舅舅心想：这孩子与已故的妹夫截然不同，以后可能会成为一个有所作为的人。这使他的心放宽了不少。

母亲在一旁满心欢喜地看着儿子的脸，同时想到孩子一路上所受的苦便心想：如果他父亲还在世，那该多好啊！想着想着，眼里噙满了泪水。天黑了，母亲点燃长嘴油灯挂在房柱的挂钩上。妹妹将哥哥拿来的奶渣煮好后给大家盛上来，一家子像今晚这样悠闲地坐在一起吃饭聊天，是父亲过世以来的第一次。

达彭躺下来看到那盏长嘴油灯折射出一缕模糊的灯光便想起悲伤的往事，父亲去世的那天晚上，虚弱地喘着气，伸出颤抖的手慢慢地放在自己头上，眼里含着泪水直直地盯着他的脸，这个表情使达彭彻底地明白，从今以后家里的生活重担完完全全地落在了自己的肩上。他暗自下决心，此生定要好好照顾母亲和妹妹。他完全忘记了远行路上的艰难困苦，好好跟驴养家糊口的决心更加坚定起来。母亲熄了油灯后不久，他就睡着了。

次日，太阳快要升起来的时候，三个驴夫去庄园拜见庄主。

东珠见到庄主后低声下气地说："尊敬的庄主！这次的运费全都在这儿，请您把牲畜的饲料和我们三人两个月的工钱计算给我们。"庄主将账单接过去，说："明天再过来吧！"达彭说："这是寝殿少爷托我交给您的书信。"他将书信交到庄主手里，庄主仔细地看着达彭的脸，把书信接了过去。

三个驴夫回去后，庄主拆开信封一看，信上写道：岗柔小庄的庄主俄智，你不爱惜庄园的财产，吝惜牲畜的饲料，让其少吃多干，致使驴子体弱多病、体无完肤，快到无法运货的地步。今后，如有死伤的驴定严加惩算。作为庄主的你，如若只顾自己吃喝玩乐，对庄园上下的管理不上心，我可以从这里派人专门去调查，希望你引以为戒，注意分寸。庄主看完信，恼怒同恐惧一齐涌上心头，一时竟没有了说话的勇气，他独自一人开始仔细地琢磨起来。这时，管家过来问："书信里都写了什么？"突然，庄主从睡梦中惊醒了似的奸笑着说："马还没死呢？就已经有臭乌鸦来挖眼珠了。我倒要看看，那些驴夫能闹出什么名堂来。"说着将书信交给了管家。管家正看的时候，庄主颤抖着声音说，"这两个月的工钱，他们休想拿到一分。那些人……"管家劝道："万万不可！依小人之见，这件事千万不能这样解决。""为何？""庄主不妨仔细想想看，如今老爷已是花甲之年，头发都白了，不仅眼睛看不清，耳朵也不好使。再加上他年迈犯糊涂不说，我听说还得了什么重病。到最后，寝殿的一切不就由少爷做主吗？如此一来……"管家边说边看向庄主，庄主问道："那你觉得应该怎么解决才好？""依我看，这次不妨先给三个驴夫满意的饲料和工钱。我们的这个少爷可不好惹，我听说他连管家老爷都敢责骂。"庄主长叹了一口气，说："那明天就由管家您发饲料和工钱打发他们走，我绝不与他们会面。"

翌日一早，三个驴夫便到了庄园门口。管家微笑着问："你们是来拿饲料和工钱吗？"东珠回答："是的！"于是，他即刻打开仓库发给他们两个月的月俸：每人三克粮食和二十两银子。他还说："你们快点儿准备装饲料，如果路上不够用可以再买，费用之后从运费里计算。"他们拿着草料回去的路上都很纳闷，尤其是东珠，他之前还想着如果在庄主那儿遇到什么麻烦，就把达彭交出去。一想到这儿，他便不好意思地说不出话来，只顾朝前走。普哇逗笑着对达彭说："欧喽，今天的太阳好像从西边升起来了啊！"达彭只是笑笑，什么也没说，径直回家去了。

达彭掏出一双藏靴和一件衬衣送给了舅舅，舅舅接过达彭送的礼物高兴地称赞道："好啊！欧喽不仅长高了还这么长心，以后肯定能成大器。"达彭将五个堆佳和一件衬衣，还有一个围裙拿给母亲，母亲急忙说："我有围裙就很好了，衬衣留给妹妹。"达彭又拿出一件衬衣送给妹妹潘多。母亲问："儿子，你哪儿来这么多钱买这些东西？"达彭笑眯眯地跟母亲讲了在拉萨少爷和阿觉欧色给钱的事，还说："阿觉欧色是少爷的侍从中最得力的一个，他还会写很漂亮的字。"舅舅说："哦！对了，那孩子是大庄园民众扎西康村家的儿子，有一次要在拉萨为少爷选一个聪明伶俐、七八岁的侍从，在很多小孩中选中了那孩子。如今，大庄园交的粮税好坏都不会有人说啥。"母亲走到自家墙壁上挂着的那幅被烟熏黑的九世班禅佛像前，双手紧合闭上眼睛祈祷着："愿少爷和阿觉欧色身体健康。"达彭聊着拉萨的见闻，母亲和舅舅专心听他讲述，时间很快过去了。

达彭离开家乡两个多月后再次回来，见周围屋舍都不比以前，似乎更加破败了。天气格外寒冷，男女老少依旧衣衫褴褛。宏伟的庄园楼宇也没有以往的崭新和高大了。

回家已有两天，他又该启程了。他把二十两银子和三克粮食交给母亲后，微笑着对她说："舅舅跟你们都别饿着，用这些钱买点儿东西吃，再把那些粮磨成香喷喷的糌粑，千万不用担心我。"母亲将那些钱又给了儿子："你要出远门，钱是必备的东西。"达彭说："母亲，我以后会赚更多钱买更多的东西回来。"说着，把钱重新交给了母亲。

寒冷的早晨，三个驴夫赶着驴从岗柔庄园出发，家人手提茶酒为他们送行。妹妹潘多要打扫庄园的向阳窗没能去送哥哥，她从向阳窗看见哥哥出发，眼泪倾盆大雨般涌了出来，她静静地看着哥哥离开的背影，直到驴脖上的铁铃声渐渐远去，哥哥的背影变得越来越小，最后消失不见。

达彭此次出远门不比上次，心里没有悲伤没有恐惧，只顾前进。路上遇到山川、江河、城镇、驿站、客栈时，他丝毫没有懒散之意，把自己分内的事做得有条不紊。东珠见状心想：这孩子虽是第二次跟驴，但做事熟练的样子还真像个老驴夫，比他父亲能耐。他心头产生了一种说不清是高兴还是嫉妒的复杂思绪。

早晨的星星还没散去，他们就赶着驴出发了。刺骨的寒风穿透破洞的衣服，使达彭感到浑身刺痛。夜里是最难熬的，他枕着马鞍，冷得难以入睡。起身去喂驴的时候，有一种难以忍受的像往头上倒了一盆凉水的冷意。白天，他的脚没有一点儿空闲，一直处于奔波的状态，所以有时会麻得失去知觉。但是，他除了咬紧牙关前进外，没有一丝一毫的退缩。他们艰难地赶了七八天路，达彭被风雨侵蚀的黑色脸颊上布满了汗水和灰尘，他的毛线暖帽边儿上露出粘结的头发，他睁大一双精神十足的眼睛左顾右盼地赶着驴。他步伐轻快，但成长艰难。

雅鲁藏布江阻碍了他们前进的道路，他们把驴从江边赶向了码头。码头有很多人在等着上船，人群中有个身强体壮的康巴人以自己的一部分骡子先抵达了港口为借口，不管先来后到，比力气似的抓着骡子准备往船上赶。这时，他跟前面的旅客发生了争执，还没说两句就从腰间拔出刀来。康巴骡夫大叫着拔起长刀挥向天空，跑向了那些旅客。旅客们撤退成两队，你推我搡地拿石头砸他。船长朝达彭他们喊道："照你们这样看下去，今晚恐怕很难抵达驿站，你们还是赶紧上船来吧。"他们马上赶驴上了船，还有一些马夫和单身汉也上船了。船到彼岸后，达彭遥望另一岸，那些骡夫还在打斗。

太阳落山了，这晚，他们不得不在河岸的鹅卵石上过夜。达彭用三脚灶石起锅并点了一小捆饲草渣滓，然后在灶石上放了个钢精锅。他拿来几根木柴生火，灶脚石缝中冒出的火光照在他们的脸上，饥渴疲惫折磨得他们说不出话来，都死盯着火上的锅。

达彭抬头看向另一岸，只见扎桑车窝山矗立在河边，山顶至山脚都变成了黑色，山的一边，外墙漆成白色石粉的扎桑寺显得格外壮观。东珠掐指算了算，说："如果我们两天之内赶不到拉萨，可能会被扣去逾限罚金。"没人答复他，周围依然鸦雀无声。钢锅里响起水沸腾的"咝咝"声，他们各自准备好饭碗和糌粑吃了晚饭，吃饱喝足后身体也有了一丝暖意，话也开始多起来。晚上，他们睡在鹅卵石上。被石头顶着，有寒风袭来，他们完全睡不着。达彭起来去喂驴时，草料被风刮得喂不到驴嘴里，无奈他们只好半夜就启程了。

他们在聂塘住了一晚，第二天早上天没亮便启程，天黑前抵达了拉萨。一到拉萨，他们便即刻去找卸货地点，卸完货点交发货单时，庄主说："这么晚了，明天再清点。"于是，他们便原地卸货，达彭睡在了货旁。第二天早上交货的时候，庄主看着发货单说："你们迟了一天，逾限罚金是四十五两银子，从你们的运费里扣！"达彭马上说："我们要求昨晚交货，是你说太晚今天再交的吧？"庄主一时无言以对，盯着达彭的脸看，东珠在旁低头央求道："庄主，拜托您免去逾限罚金可好？"庄主故作深沉地说："那怎么能行！"达彭接话道："既然这样，那就请庄主给我们写一份昨天让我们卸货在此的字据吧。"说完，他转身对两位阿觉说："两位阿觉，那我们先把货运去寝殿。"这时，庄主急得喊道："不就是四十五两罚金嘛？有什么大不了的！"他马上打开钱袋将运费全付清了，达彭他们交完货回寝殿去了。喝茶的阿觉普哇笑着说："那个康巴人真是可笑，阿觉东珠低声下气地央求，他却火上泼了油似的火气更大了。欧喽不屈地跟他评理，他倒是像在火上泼了凉水一样安安静静了。"普哇的话说到了东珠的痛处，他红着脸低头偷看普哇。

东珠心想这次我再搞不定运费的事那可就太丢人了，于是他准备带普哇去找货，即使普哇要求带达彭一起去，东珠还是没理会，无奈普哇看了看达彭，跟着东珠出门了。屋里只剩达彭一人，欧色过来说："庄主没有为难你吧？"达彭将事情原原本本地告诉了欧色。欧色心想：庄主肯定不会善罢甘休。达彭说："觉啦，我们这里有一些粮食卖，你可有介绍的买家？"欧色说：

"我们寝殿有个卖酒的家奴。走，去问问她。"

说完，他们走出寝殿大门，朝东走进了一家酒馆。一位身材苗条、皮肤白皙、羔裘外套上套着一件深蓝色哔叽大袍、四十来岁的阿佳一见到欧色，热情地打招呼道："快到里面坐。"把他们请到屋里安置在毯子上后，阿佳朝内室喊道："华宗，欧色来了，快出来。"她正要离开时，欧色问："阿佳，他们有些粮食要卖，你需不需要？"阿佳微笑着问："有多少？"达彭回答说："阿佳，您按拉萨本地的价格计算就可以了。"她说："只要是优品粮，一克可以给十二两银子。"达彭说："那就这么说定了，八克粮食现在就给您送过来。"阿佳搓了搓手，看着欧色说："请慢坐啊！"说完，朝外走去。

这时，屋里走出来一位姑娘，从碗橱里拿来一个碗盖齐全的男用碗放到欧色面前，又将一个红花色的男用碗放在达彭面前，给每人倒了一碗茶，然后坐在欧色身旁，她将达彭从头到脚打量了一番问："这位是你的兄弟吗？"欧色回道："不是，是我们寝殿的驴夫。"

穷乡僻壤来的青年达彭第一次见这般年轻貌美的女子，瞪直了眼睛看着。她芳龄二十的样子，身穿一件羔裘面子、黑白相间的哔叽，大袍领口露出粉红朱仔衬衣，毛呢靴腰的靴子顶部用小碎花点缀，高跟靴子从大袍下露出来。偏黄的头发中分到额头，发尾戴彩色发穗的两根辫子散至苗条的腰间。白皙的脸颊泛着红润，细长的眉毛下是一双水灵灵的眼睛，双眼眨动之间，似将所有与美丽有关的东西都容纳了。戴着一对中间由一种光闪闪的白珠宝镶嵌，边上由金制的四个花瓣形状组成的耳饰。这样的美貌会给多少青年男子美的体验和爱的感受呢？

她将那双柳枝般细长的手，放在欧色的肩膀上。手上戴着一对兹手镯和绿松石点缀的戒指。达彭的心像脱缰的野马奔驰在辽阔的原野上，又如展翅高飞的雄鹰自由自在地在天空翱翔。这时，外面传来一声："小伙子，过来喝点儿酒吧！"欧色喊道："阿佳拉泽，给达彭少灌点儿啊！"达彭即刻起身朝外走去，阿佳拉泽左手拿着酒杯，右手捧着酒罐给达彭倒满酒说："先干为敬啊！"他拿起酒杯干了一杯，阿佳再次倒满一杯放在桌上，转身去了灶房。

这家酒馆的中间放了一张矮桌，周围铺着地毯放着木箱。有些木箱里放满了酒，有些则是空的。酒倒得满桌子都湿漉漉的，桌子下面的地面也被酒水洗得干干净净。围坐在桌子边儿上的客人中有半睁着眼睛，红着脸靠着墙，把握不住自己身体的；有说着无止境的胡话，像老牛遇到水一样不停喝着酒的；有连嘴里的舌头都翻不过来还在哼歌的。

"阿佳拉泽，这儿再来一两银子的酒。"达彭朝大声喊叫的那个人看去，见他口水流不停，禁不住笑了。"他娘的，你笑什么呢？"那人边骂边朝达彭瞪着眼，达彭扭头没理会。他哈哈大笑起来，并指着达彭说："大家看哪！那边的那个人是早上从色拉尸林过来的，瞧他的衣服，膝盖和小臂都被秃鹫蜇得破烂不堪。"说完，旁边的人都看着达彭捧腹大笑。达彭心中怒火冲天，但他仍控制着情绪。他只是盯着那人看了一会儿，没说啥。

旁边有个人说："华觉，你可不能小看这小伙子啊！看他的面相可比你凶几百倍呢！"他站起身来到达彭身旁坐下来问："小伙子从哪里来？是干啥的？"达彭如实告诉了他，他好心地说："小伙子，你如果需要羊毛驮子，我们院子外的商人恰昌巴索巴家有运的羊毛捆子。你跟我过去，我可以帮你去说。"达彭心想：如果跟阿觉东珠说自己找到了羊毛，他定会生气，而且如果现在找到羊毛捆子就一定会即刻启程。于是，他搓搓脖颈，顿了顿，说："等我和伙伴商量后，给您准确的答复。"那人说："我住在车乡拉张旁，我叫昂杰，你一打听就知道了。"

这时，欧色和那位姑娘从屋里走出来，一些醉鬼便开始喊道："华宗，你只给侍寝官好脸色，理都不理我们一下啊！"华宗没理睬他们，瞪了一眼后跟着欧色走了。达彭喝完酒杯里剩下的酒，立刻跟上了他们。欧色说："华宗，走了啊！"说完，他朝达彭挥了挥手。他们从酒馆出来走到寝殿的院子，欧色径直走向了寝殿内屋，达彭回到住处后，又将粮食送去了酒馆。卖酒的阿佳说："以后有粮食尽管往这里送啊！"

　　达彭回来的时候两位阿觉也到了，看到东珠的表情就知道没找到货。晚上吃饭的时候，达彭说："咱们用圆茶换的粮食已经换成了钱，而且还多了一倍的价钱。我琢磨着给每人分完十两银子后，剩下的钱我们可以在拉萨买点儿路上用的东西，可好？"东珠瞪着一双大眼睛看着达彭，啥都没说。普哇回道："欧喽觉得好，怎样都行。"

　　第二天一早，东珠和普哇一起去找货。出门时，东珠对达彭说："喂！别出去瞎逛，好好把驴粪扫干净，喂好驴。"达彭将东珠嘱咐的事情——干完，然后去集市买了两斤酥油，拜托欧色将其烤化。欧色问："达彭，你是要去朝佛吗？我可以陪你去。"于是，他们拿着神灯朝大昭寺方向走去。

　　从大昭寺正门走进去，又高又直的长柱上垂挂着白布，布上缝有精美的吉祥结形状的图案。廊顶中央有个又宽又敞亮的露天院子，院内最稀有的善逝佛像壁画在闪闪发光。从走廊南侧朝北看，一扇朝南的大向阳窗里挂着黄色窗帘，金铜质地的屋顶在阳光下金光灿烂。房屋的结构和形状凸显着气派。从内室的大门进去，里面没有外面亮，左右两间小佛殿里点燃的两三盏酥油灯不太明亮。他们从墙角朝北走几步就到了第一间佛堂，佛堂里有七八个上师像。他们——晋谒并进行了碰头礼，欧色介绍说："这间佛殿里的主要佛像是宗喀巴大师，周边是宗喀巴八弟子。"说完，达彭再次拜了拜。

他们从那间佛堂出来，走到了排着队的人群中。四周摆着能容纳一克多酥油的很多铜灯，排成一排在木架上，铜灯的酥油灯光很明亮。达彭跟着队伍走到了大悲心佛殿里，他走到木架前的神灯旁，准备点灯，抬头见一位僧人面盖一块白布，布两角的两根带子从耳朵上系到后颈窝打了个活结，下部分在前颈飘摇着。僧人们忙着换金灯、神灯，点灯。达彭将木桶递给僧人，欧色跟僧人说："请给我们换盏金灯。"达彭拜完大悲心后合掌祈祷。他看见大悲心双目细长，笑容和蔼，面部镀了一层厚厚的金水，头戴珠宝点缀的金头饰，头饰上又有很多个层层叠叠的顶，在它左右还有四五幅佛像。达彭祈祷完走出佛殿，欧色将木桶拿给他并介绍道："欧喽达彭，刚刚拜的是五味天成十一面观音，它是松赞干布的本尊神。"

善男信女们闹哄哄地念着米孜玛、六字真言、长寿祈祷文等。他们手拿木桶、银灯、铜灯，还有点燃的酥油灯各自排好了队。过了一会儿，他俩来到一个石阶前，爬上石阶见上面坐立着一尊人体大小、面带微笑的佛像，达彭磕头膜拜后一如既往地进行祈祷。欧色说："这尊是宗喀巴自画像，开过光的。"前面的人听到这席话都闭眼祈福，达彭仰头观看廊顶下面那些狮身面孔和形态别具一格的浮雕。这时，耳边响起"当当"的铃声，达彭问欧色："这铃声是从哪儿来的？"欧色回答说："刚才的铃声中有祖孙三法王之一的赤热巴坚创建乌香多寺顶部时的钟声和儿子格日曲旺给母亲供毛吉积德所造的铃声。"

"达彭，快到至尊佛像前了。"他们走到一处铺满桦木板的高台石阶上。这时，人们纷纷从队伍里出列到木板上磕头，然后又回到队列中。达彭面向至尊磕了头并进入佛堂，他面前的高架子上摆满了大小不一、灯光闪烁的金银灯。七杯金制供水杯中盛满了清洁的水。座榻左右是相对而望的傲慢相青龙，座榻里至尊释迦牟尼庄严的面庞用金贵的纯金水洗礼得光彩夺目，顶部的金头饰镶满了绿松石、珊瑚、亚玛瑙、珍珠、钻石，颈部的奇珍异宝点缀的项链被灯光照耀得光芒四射。尊像前有一位举止温和且专心致志的僧人在侍浴。

达彭向座榻转了个内圈又向至尊的左右足莲行了碰头礼，再次来到至尊面前诚心晋谒，顺便将旁边所有的佛像都一一拜完了。他伸手请求神水，将倒入掌心的弥漫着红花香甜醇美的神水喝了一口并将剩下的神水擦在了头上，之后接过木桶往外走去。走到木板上再次转身面朝至尊合掌，双眼专注地仰望至尊祈祷："愿敬爱的父亲生在净土，慈祥的母亲和亲爱的妹妹身心健康！"他虔诚地祈祷完后，看着至尊释迦牟尼那充满仁慈、悲悯和仁爱的目光，心中产生了一种前所未有的安逸。

做完祈祷，他转身出了佛殿，继续往前走。右边的架子上摆放着可容纳一桶水的七杯银制供水杯，他惊讶地看着。欧色拉了拉他的衣袖，他急忙跟着欧色。拜完了一个个佛殿，他们走进角落的一间佛殿，欧色介绍说："这是作为尼泊尔赤尊公主的圣缘请来的弥勒法轮像。这尊佛像建造于国王讫哩吉时期，由饮光佛进行了开光仪式。"欧色对在那儿的弥勒佛像进行了详细介绍，达彭专心地一一朝拜并行碰头礼。他们来到最后的那间佛殿时，欧色介绍道："这里有吐蕃王朝时期的法王、文成公主、尼泊尔赤尊公主、大臣东赞宇松、藏文字创始人通弥三菩提等。"

他们拜完坐立于坛场中央的弥勒菩萨像及周围木橱中的千佛像等，走出了佛殿，朝北走了几十步就到了度母庙，那儿有四五位僧侣在念度母经，旁边也有很多人在献功德。这间佛殿的本尊佛是白度母。欧色说："这尊是自然生成佛像。"达彭心想：不愧是名副其实的自然生成像啊！

他们从度母庙门出来，来到大昭寺内院。内院四周排列着手转经筒，墙壁上是表示佛祖世系如意宝树内容的壁画。大昭寺的四面各有一个门，建筑风格别有风味。每一间佛殿的本尊像都威力四射，所以在像达彭一样的信徒心里烙下了无法抹去的深刻印象。

达彭回到住处，眼前依然浮现出那些活灵活现的佛像。心性温和的佛像面庞显露出怜悯之情，双眸散发着仁爱，坐姿和手势凸显出一切智慧的本相，给人一种平易近人的感觉。心性凶恶的佛像则是一头蓬乱的发鬟竖在头顶，眉毛胡须像燃烧着的火焰，双目恶狠狠地对视或环视，露出獠牙或上牙咬住下唇，手拿金刚高悬上空，一副凶恶无比的样子。令他印象最为深刻的是，每一间佛堂里都放有人腰高的圆形或长方形石灯和铜质灯。灯里面盛满了酥油，中间插了四五根粗灯芯布，藏匿于山拐弯处的佛殿被照得亮堂堂的。整个佛殿被赋予了温暖、安乐、纯洁的虔诚。

达彭眼前清晰地浮现出母亲与妹妹的面孔，他暗下决心：我一定要省吃俭用，努力干活，以后带母亲和妹妹来一趟拉萨。他幻想着母亲拜完至尊释迦牟尼为首的全部佛像时的那份喜悦，就在他陶醉于美好的想象时，两位阿觉回来了。达彭马上起来给两位阿觉倒茶，东珠摘下帽子放在地毯上，挠挠头说："你今天去瞎逛了没？"达彭见东珠脸色暗紫，眼圈红肿，便知道他喝醉了。他笑呵呵地回答："今天我哪儿都没去，一直待在屋里。"东珠破口骂道："喂！你给我好好听话啊，不然就给你点儿颜色看看！"达彭跟驴到现在，第一次见阿觉东珠这般生气，愣在那里看着东珠。普哇拉了拉达彭的衣襟表示别理会他，达彭听了普哇的话，安静地睡下了。

第二天早上，两位阿觉按时去找羊毛捆子。达彭坐在地毯上想起昨天的事，火冒三丈。最后，他还是选择了忍气吞声，准备出去买一些路上用的东西。

他来到翁堆庄园，在卖茶的康巴商人那里买了郭嘉诺布梅巴茶和热兹堆吉、么次壤、剑河、咔哒千佐、色西等茶。他在货架上看到一个样式精致美观的黄铜灯，便想起了自己家那盏令人伤感的长嘴油灯，心想如果能买下它代替原来的那盏灯就可以照亮家里的每个角落了，于是他决定买下它。

回到住处后没过多久，两位阿觉也回来了。东珠一进门说："找到羊毛驮子了，明天点货计算完，后天早点儿出发。"东珠喝着茶，看着达彭买的那些东西问："欧喽，那些是谁的东西？"达彭将买的共同用物及价格一一说明后，东珠说："驴的驮子本来就那么重，你觉得还能再加吗？"普哇说："这些是我们共同用的东西，加不上也得加吧！"达彭说："我们可以推掉一捆羊毛把东西运走，运费到时候从公费里计算。"东珠破口大骂："你别忘了，帕里店主那里运来的圆茶钱还在你口袋里呢。"普哇马上解围道："阿觉，你别胡说啊！欧喽自然会给我们交代清楚。"达彭听到那些话，即刻出门喂驴去了。欧色从楼上的窗户里问达彭："你们什么时候启程？"达彭说："后天。"

没过多久，欧色来了，胳肢窝下夹着一件上衣和一条裤子，说："达彭啊，如今正是冬季最冷的时候，我从少爷那里要来了这条裤子，还有我的这件上衣我也不穿了，你都拿去穿。"达彭恭敬地回道："谢谢你，阿觉！你的大恩我永生难忘。"欧色对达彭嘱咐道："你要好好干活，好好孝敬母亲。"说完便回去了。东珠心想：还真是所谓"比起先天之耳，后起之角更为锋利啊"！我这么多年跟驴为寝殿卖命，可这里的主仆眼里就只有达彭一人！

严寒的冬天，岗巴拉山顶的雪被风刮得看不清弯曲的小路。体弱的驴气喘吁吁，迈开的每一步都在发抖，寸步难行的一些驴则睡在了路上。三个驴夫又是扶驴起身又是装货忙忙碌碌，一时竟忘记了饥饿和疲惫。最后，在太阳快要落山之际才抵达山脚。当晚，他们待在了扎龙。他们一到旅店就卸货，达彭负责给驴喂草料和饲料糊，两位阿觉在屋里烧茶。他们喝完茶吃完饭，身体也开始慢慢地暖和起来，疲劳驱使他们赶紧躺下睡觉。达彭提着袋子去上次住过的旅店给店主送了礼物表示问候，店主也热情地招待了他。

他们三人在寒冷的环境下翻山越岭十几天，最后到达了帕里。那天，鹅毛般的雪花覆盖了整个大地，帕里地区像一个银色的世界。庄上的房屋被雪覆盖得几乎啥也看不见，一间屋顶冒着青烟的方形小屋里，达彭往火缸里加了一簸箕牛粪，钢锅里烧着茶水，三个驴夫围坐在一起闲聊。这时，店主走进来，东珠正准备起身，店主便说："看这天，还要下几天的样子……"达彭将身边的袋子拿过来取出一块砖茶递给店主，说："店主，这是我的一点儿心意，望您接受。"店主微笑着说："欧喽，你不用这么客气，我们都是老熟人了。"达彭回道："略表心意，不用记挂。"店主说:"你们有什么需要尽管跟我说啊,不必心急。"说完,他拿着茶回去了。

连续下了九天的雪几乎将房屋淹没了。达彭每天早上都要起床扫除窗前的雪堆。生活在原野的飞禽也没能忍受这般寒冷和饥饿,都纷纷从屋顶洞和窗户飞到房子里,连人都不怕了。第十天雪停了,太阳照射着整个大地,人们都面带笑容着出门。三个驴夫急得焦头烂额,即刻向店主询问有没有羊毛捆子。店主告诉他们:"货的事你们不用担心,我可以向你们保证。若你们想要先出发,这路恐怕被雪堵得过不去。依我看,你们还不如先让骡队过去,待他们将路上的雪踏平后你们再出发。别急,再等几日。"他们觉得店主说得有理,便又在帕里待了七天。在这期间,达彭计算了他们做小买卖所赚的全部收入,算下来每人可得五个银章多一点儿。他们在店主那里再次买了一捆圆茶分别搭载在各自的驮子上。东珠跟驴这么多年,这是头一次拿到五个银章,别提心里有多高兴了,但他还是装出一副深沉的样子。

他们走了五天多的雪路,终于到了岗柔。母亲和舅舅迎达彭进屋给他倒茶,母亲泪眼汪汪地仔细看着达彭的脸。舅舅微笑着说:"欧喽安全到家了,怎么能哭呢?欧喽肯定饿了,快给他拿糌粑。"母亲急匆匆地给达彭准备糌粑。达彭捏着糌粑看着母亲的脸问:"阿妈身体怎么样?"母亲坐到儿子身边,乐呵呵

地说："阿妈很好。"达彭说："阿妈，潘多快回来了吧？"此时，
潘多正好从门外走进来，坐到哥哥身旁："哥——"聊着聊着，
她眼里噙满着泪水，低下了头。达彭说："潘多，我的袋子里有
酥油和茶叶，先给我们打个香香的酥油茶。"潘多去打茶了，舅
舅和达彭聊着路上遇到的事情。妹妹提着茶壶给每人倒了一杯
酥油茶，一家人高高兴兴地围坐在桌子旁边边喝茶边听达彭讲
路上的见闻。大地渐渐地被黑暗笼罩起来，母亲正要去点那盏
长嘴油灯时，达彭说："阿妈，我在拉萨买了一盏黄铜灯，今晚
就点这盏吧！"他从袋子里掏出灯，家里人看着这盏灯很是惊讶。
母亲将油倒进灯槽中点燃了灯芯扦子，当灯光照亮全家人的面
孔时，大家都露出了幸福的笑容。妹妹从达彭拿回来的羊肉上
切了很多肉丁煮了面，一家四口在明亮的灯光下吃着面聊着家
常，幸福的气息洋溢在整个屋子里。

　　翌日一早，达彭起床从他的行李中把买给三个亲人的东西
挑出来，剩下的东西与母亲商量着分给亲戚和邻舍们。母亲完
全赞同地说："欧喽这么有心真是太好了，在我们最困难的时候，
是他们热情地帮助了我们。"

　　达彭只能在家待两天，第三天早上，他们就从岗柔出发了。
他们三人走后，整个小村庄的人都在议论三个驴夫的事，关于
达彭的谈论则更多。慢慢地，庄主也听到了人们对达彭的谈论。
庄主心想：本来让这个孩子跟驴是想让他去吃苦的，没想到到

头来倒像是给了他展翅高飞的机会。现在，他却成了整个村老老少少嘴里的厉害人物。他一次次去寝殿面见少爷的机会比我们多，上次少爷寄来的书信可能与他有关。如果小瞧这穷小子，日后必定是祸害，不如趁他的翅膀还没长硬之前解决掉他。

第五章　在拉萨过年

　　他们三人在大年初一前一晚赶到了拉萨。交货时间迟了两天，庄主从运费里扣了九十两银子。东珠本想尽快找到货即刻从拉萨出发，但恰恰赶上了藏历新年，没有东西运。他们将实情上报给了少爷，少爷让欧色告诉他们过年期间待在拉萨。

　　藏历十二月二十九日是一年一度观看木如寺跳神节的吉日，三个驴夫也加入观看跳神节的人群中。木如寺又宽又大、铺着石板的院子不同以往，显得格外拥挤。搭在石板中央的布帐篷上用裁剪的兽鼻图案作了点缀，帐篷中央坐着弹奏铜钹的人，左右是敲鼓，吹大号、胫骨号筒、唢呐的人。从大殿厅庑走出来一些乌黑帽、护法神、尸林主、猎鹿等人，他们随着钹鼓和号声的节奏开始跳神。突然，又出来一些行脚僧，他们的步子很散乱，法场顿时变得热闹起来。行脚僧在人群中选了两个人让他们比赛摔跤，然后在输了的一方头上弹指敲击。这时，人们都笑开了花儿。他们三个也陷入了表演，尤其是达彭，长这么大第一次看这么有趣的表演，一天的时间一晃就过去了。不久，太阳也落山了。晚上，抛送食子的时候放了好多鞭炮，达彭起先很惊慌，慢慢习惯后便跑到寝殿门口去观看。三岔口堆着一大捆篝火，每户人家的抛送人将面食倒入陶器里扔向外面，流浪狗便跑过来大口大口地吃起来。

大年初一的黎明时分，达彭被寝殿门外哲噶说唱吉祥祝词的声音吵醒了。他起床走到门外，见寝殿的家奴在给哲噶献哈达，还给了酒水和食物。达彭正准备回屋时，寝殿少爷和几个侍从从内室迎面走过来。少爷穿着工作服，骑着马准备去赴布达拉宫的一个典礼，达彭跟随他们走到马路上。天快亮了，街道上来往的人群中有急匆匆去向师长、喇嘛、长辈、亲朋好友等可敬之人拜年的青年和小孩，他们盛装打扮，脸上洋溢着幸福快乐的笑容。还有很多身着盛装、手拿神灯去拜佛的人，达彭看得入神。

天空渐渐明亮起来，他感受到一种圣地拉萨吉祥圣洁的新年气息，这种感觉使他无比兴奋。当根培乌孜山①洒下灿烂的

---

① 根培乌孜山：又叫格培乌孜山、增善峰，是西藏拉萨著名的神山之一，位于拉萨哲蚌寺后面，距拉萨市西郊约十公里。乌孜，在藏语里是"顶端、顶部"的意思。

阳光时，达彭从睡梦中惊醒了似的急匆匆回到了住处，准备加火烧水。没到午饭时间，少爷便回到了寝殿。他一下马就说："今天别让太多人上楼，今年过年要低调一点儿，毕竟父亲过世才两个多月，太热闹有些不妥。"他差人去叫尕德。不久，尕德就来到了寝殿，三个驴夫也被叫去了内室。他们吃完糌粑油团后，坐在另外铺在角落的地毯上。

一进门，一种独特的藏香味扑鼻而来。地毯下面的泥灰光滑如透明的玻璃，似乎可以照到自己的面孔。花草树木和鸟类等图案装饰的立柜上叠放着四个优质皮箱，大留声机上叠放着几十个"潘泽奇"牌的留声机。旁边的大镜子前摆满着"雪山"牌护肤品、珀青粉、香水等。立柜前的一张桌子上整齐地摆放着糌粑油团和酒，南面的玻璃窗前铺着两对坐垫，坐垫上还铺了一对新垫褥，西面墙边也铺着一对厚垫子，上面不仅铺着一个蒙古地毯，还放了一对刺有汉鸟的靠背。前面的大矮桌上放着两个盖子齐全、嵌着镂金花的银茶托。茶托上各放着一男一女用的玉碗和一对倒满人参果和油干饭的白碗。顶部的房柱上挂着一件蓝缎子大袍和一顶博朵，下方挂着个大钟表。

达彭对垂在钟表上慢慢摇晃的类似于圆形小镜子的东西产生了兴趣。少爷坐在中间的厚垫子上，少夫人坐在他旁边。窗户前的垫子上前后坐着尕德和欧色两人，三个驴夫被安排在东面的门角。前面的长桌上放着奶酪、牛奶、酥油等。来客尕德先生是一个满脸胡须、鼻梁高挺、双眼细长的人。他说话时双手丝毫不停歇地合掌，他头戴顶部饰有黑色丝线缨子的红色毛呢帽，穿着一件系着宽腰带的暗紫色哔叽大袍，脚上是一双低腰皮鞋。

他们各自就位坐下来的时候，侍寝官们就开始忙忙碌碌地准备伙食了。他们摆上吃饭用的围布和筷子，端来煮好的羊肉疙瘩和各种炒菜，还特意为尕德先生准备了一盘棋盘花。达彭三人面前放有糌粑，每人一碗炸土豆、一盘羊肉疙瘩等。少夫人再三说："尕德先生，请用餐，千万别客气。"尕德微笑着回答说："好的！好的！"他将糌粑和棋盘花掺着吃起来。吃完饭喝茶的时候，少爷说道："今年过年我们不打算过得太热闹，大家聚在一起聊些有趣的话就好。尕德，你说呢？"少爷看向尕德。尕德说："我觉得这样挺好的，那我就先给大家讲一个印度的故事吧！"

他开始讲故事了，"很久很久以前，印度的南方有两个感情深厚且非常富有的兄弟，他们住处的上空有一个被施了恶咒的妖怪。它嫉妒两兄弟的感情和财富，便对兄长施咒将其变成了一条狗。弟弟见自己的哥哥变成了一条摇着长尾巴、竖起两只尖耳朵的小狗，伤心欲绝又不知如何是好。一天，他在散步，突然听到千万条巨龙一同吼叫般的声音，他抬头看去时，前方的沟壑里奔流过来波涛汹涌的大河。于是，他向河流跑去。他看见水里漂过来一个玻璃瓶，想捡起来看个究竟，便用力打开了盖子。这时，瓶子里冒出来一股长黑烟，在天地间形成了一个长方形，又慢慢地变成了一个人形扎进了云里。之后人形之物伸过头来用太阳般大的两只眼睛看着他的脸，发出响彻天地的笑声。然后伸出一只手，抓一只昆虫般将他抓起来，放到另一只手掌心中，说：'我亲爱的！我是哈娃赞吉，我自被那妖怪施了咒装进瓶子的那一刻就曾许下承诺：如有人在三年之内救出我，我将满足他所有的愿望。但在这之后救出我的人，我将取走他的性命。今天已经过了三年零三个月，我将杀了你来履行我的诺言。在这之前，我要向你叩拜三个响头，表示你救出我的感激之情。'弟弟思索了一会儿，说：'请您在我没死之前给我表演一个节目。这么小的瓶子能容纳你这么大的身躯，简直不可思议。如果没弄清楚这么奇葩的事情就死了，那我将会遗憾终生的。'妖怪哈娃赞吉说：'这个太简单了。'说完，它又变回黑烟钻回了瓶子里。这时，弟弟赶紧捡起瓶子，盖上了盖子。弟弟牢牢地盖上了瓶盖，严肃地说：'你来选择吧！是要杀我呢，还是要我把你永生永世装在这瓶子里？'妖怪哈娃赞吉低声细语地再三央求说：'请你放我出去吧！我可以听从你的差遣。'于是，弟弟打开瓶盖将它放了出来。哈娃赞吉睁着那双大眼睛问需要什么帮助，弟弟告诉了它自己的哥哥被变成小狗的事情。哈娃赞吉仔细想了想便知道这也是那个将自己装入瓶子的妖怪干的。它立即背着弟弟飞向天空,云朵飘在这个巨人左右,寒气吹在弟弟身上使他口齿发颤，他赶紧钻进巨人的头发间挡寒气。一会儿的工夫，他们就到了一处海边。他们来到一座由大理石建造且半身沉入大海的神庙前，巨人说：'你进入这座神庙后，设法取来光华灿烂大佛额头的那块宝石。若要取到此宝石，首先要去拿那把由天生铁制作而成并挂在门右边的剑。你在黑暗中将剑从鞘里拔出来的那一刻，它射出的火光会照亮你前进的道路。之后，你会遇到比指头还粗的蜘蛛网，你爬上去还没到顶部就会有一只羊大小的蜘蛛袭击你。这时，你又要将剑从鞘里拔出来，挥动着剑斩断它的手脚并将其烧毁。最后，你再去摘那个宝石。'巨人说完便用它的一只手将弟弟像放老鼠一样放进了神庙里。于是，弟弟按巨人的指示安全地拿到了红光璀璨的宝石，走出了神庙。巨人对他说：'这个宝石会用它的神力将你带到天空。到了天上，你将宝石拿给帝释天看。他将会给你一个鹏坐骑和一把配着松石箭的金弓。你骑着鹏、拿着弓箭飞一会儿便会抵达那个妖怪居住的地方。然后，你从那里射箭杀死它。'巨人将宝石交给了弟弟。弟弟对着宝石念了咒语后被带到了天上，他见到帝释天，将宝石拿给他看，帝释天赐了他鹏坐骑和弓箭。之后，他骑着鹏、拿着弓箭来到那个妖怪居住地方的上空。他低头一看，见弥漫着黑烟的洞穴里爬满了毒蛇，盘旋着的乌鸦发出惊悚的叫声。他朝那里用力一射，刚好射中那妖怪的胸口，妖怪当场死了，黑烟跟蛇鸦也随之不见了踪影。

鹏坐骑送他回家后，吊着弓箭向天空飞去。哥哥也重新变回了人，两人像生死相离又重聚般高兴地相拥在一起。这时，巨人哈娃赞吉走过来说：'我已将你所托之事完成。我要回原来的住处桑么山，望你能准许。'弟弟感激地说：'亲爱的巨人哈娃赞吉，心善的哈娃赞吉，神通广大的哈娃赞吉，祝你平安回到家里，愿以后还能再见。'说完，巨人便朝着西南方向的上空飞走了。"

尕德先生讲完故事后，捋捋胡子看着少爷。

少爷说："尕德先生的故事太精彩，我没有这么长的故事可讲，就讲个比较短的吧！"

少爷便开始讲起来："我们的公职人员中有一个雪仲叫吉色，生活拮据，有时连零花钱都要向贵族扎哲借钱来解决。但他聪明，记忆力超强。他能将词汇丰富的诗歌娓娓道来，因此有人会邀他去做讲说。有个贵族给吉色借了十五克粮食，他知道吉色还不了，就想把吉色先生家门前的那头老黄牛牵走。他找吉色对牛进行一番讲说，吉色便侃侃道出：'豁了唇、缺了齿的牛，身具一豁一缺，可值十五克食粮；脊似刀、肋如甲的牛，身具脊刀肋甲，可值十五克食粮；尾若弓、屎似箭的牛，身具一对弓箭，正值十五克食粮。已付十五之欠款，望你尽快擦去借约字。'还有一位权高位重的大卓尼阿索，他时常心想：吉色先生会因为怕他而敬他，便去找吉色说：'你为我来一段讲说！'吉色恭恭敬敬地说：'我哪儿敢对您进行讲说呢？'大卓尼心想:他这么怕我,肯定会对我多加夸赞,便硬要他来一段。这时,吉色先生微微低着头说:'似颅骨拔的一根毛,衔接在嘴角的一旁,怎么看都像个鬼,拜托请别来伤害我。'说完,他旁边的人都笑出声来,大卓尼觉得非常丢人。又有一次,一个庆典结束后,一位大人让吉色对这次庆典进行一段讲说。吉色脱口而出:'杜果与贵宾对坐,喇嘛与糖果对坐,吉色与角落对坐,临走兜装几颗酸桃出来。'说完,那位大人大笑起来,反复地说:'还真是这样啊!真是这样啊!'一个债主差家奴去吉色先生家讨债。家奴进屋没认出正在煮饭的吉色,便问:'吉色先生去哪里了?'吉色回答道:'你找吉色有事吗?他去哪里都会碰到债主,如果要吃没有三种佐料的面就请进!'这句话,表面上指他有很多债。没有三种佐料的面,指的是面里没有盐、面、肉等。实际上是在指他的生活很不好。"

少爷讲完故事微笑着说,"我讲的是一个没有华丽的语言修饰、通俗易懂的故事。"尕德合掌并夸赞说:"讲得好。"少夫人笑着说:"一两句就讲完了的故事,有啥好的。"

欧色请求少爷将故事中的一些词句再讲一遍,少爷说:"既然如此,那你要给我们讲一个长又有趣的故事。"欧色答应了他。少爷又重复了一遍刚才故事中的一些词句,欧色在旁记笔记。记完笔记后,他把笔和纸收好,开始讲起来:

"从前,一个叫孟加拉的地方,有位威名远扬的萨里旺博国王。他有一位貌美如花、心地善良、虔诚信佛的王后叫白玛才德。她怀胎十月诞下一位与众不同的小王子，取名德巴丹巴。国王为他举行了盛大的庆生仪式。小王子从小聪明伶俐，有极度的怜悯之心。整个国家的民众像沐浴在雨露中的孔雀，十分高兴。有一段时间，那个地方出现了一对夜叉夫妇。夜间，它们变成两头可怕的野猪去国王的御花园破坏王后的神魂树。有一天，天快亮的时候，看守花园的人见两头野猪不仅刨了树根弄倒了树，还截断树枝吃着树叶。他们左赶右赶拿它们没办法就禀报了国王，国王派去了几十个放套索和射击的人。他们既放套索又射箭进行逮捕，最后将公猪杀死了，母猪则惨痛地叫着从西门逃走了。自那时开始，母夜叉就下定决心要为自己的丈夫报仇雪恨。

"之后不久，王后得了重病。请再多大夫、用再多秘方，都没能见效。最后，王后归天了。国王、大臣、平民，举国上下痛苦得不问政事，也不顾家业。王子见此情形，走到城门上大声安抚说：'母后有你们这般忠心的国民，确实让人感动万分。与其深陷悲痛还不如多为她祈福，虔诚供佛，多做善事。'这些话使民众很是信服。于是，他们开始忙于供佛煨桑，来超度王后的灵魂。

"国王极度悲伤，每日都会去御花园的王后神魂树前哭泣。就那样，整整过了一年。一天，国王见旁边的杜果树下站着一位正值青春、如花似玉的女子。那女子一头乌黑发亮的长辫子盖住了上半身，戴着金子上点缀着珍珠的头饰。白嫩泛着一点儿红晕的脸蛋上有一对初三夜空中高悬的月牙似的眉毛，眉毛间画着个黄丹色的圆点。眼眸细长，高挺的鼻梁下是玫瑰花瓣一样的嘴唇。她身穿白色的丝绸衣裳，脖子上戴着一串串珍珠项链，手脚上都戴着镯子。苗条的腰身扭动得像被风吹摇的柳条，手拿一束豆蔻花正看着国王。国王见这般美丽的女子，情不自禁地动了情。国王来到她面前问：'美丽的姑娘，请你告诉我你的姓氏血统。'她扭过头，没理会他。于是，国王心想：这女子肯定是世间先祖百度供施等天师为了能减轻我的丧妻之痛，让其特地来陪伴我的，便对她说：'美丽的姑娘，可否想去孟加拉王宫尽享荣华富贵呢？'她急忙点了点头。国王带着女子来到王宫，心中的悲伤像冬日里的寒霜被春天的温暖驱散了一样，渐渐地消失了。

"不久，国王准备封她做王后。足智多谋且忠心耿耿的大臣罗智热旦叩首上奏：'您不打探清楚她的种姓血统，随便倾心于一个从御花园里捡来的女子，还将她封为王后，这难道不是败国风的预兆吗？我们可以去其他周国或小邦国，按习俗求亲，找一位家族显赫、貌美如花、您心仪的女子封为一国之母。'国王说：'你休想阻止我封世间先祖百度供施等天师赐予我的妃子为王后。'上奏无效被拒绝。国王将那女子封为了王后，并举行了好多天的册封仪式。

"自那时候开始，国王萨里旺博与王后整日形影不离，沉迷于歌舞，完全不顾国政和百姓安乐。王后觉得该是她复仇的好时机了。于是，她想着先解决掉王子。她想到了个法子，施法将自己的上半身烧得像着火了，下半身又凉得跟冰水一样，让自己变得瘦弱不堪，而且呼吸都能变得急促、不稳定。她躺在床上'哎哟哎哟'叫得让人听着难受。国王见状，吓坏了。他想到贤惠善良的前妻也是英年早逝，就万分担心。上求佛祖保佑，下施穷人衣食。对寺院众僧布施供养，做福寿法事，都不见其好转。请来各方神医医治也没查出什么病根。王后却说：'我是天神之女下凡，我的病情凡人看不出什么究竟。只有去请仙子善士孤沙利，才能救得了我的命。她如今在恶鬼域，除了王子德巴丹巴，无人能请得动她。请国王立刻让王子去一趟西南恶鬼域。'国王不忍心他唯一聪慧善良的宝贝儿子去恶鬼域，又问：'除了让我心头肉般的儿子去恶鬼域，有没有其他法子？'王后用气愤的眼神看着国王，说：'往日里你对我的情意和爱恋跟天上的彩虹有什么区别？等我死后，你千万别后悔！'她又施法，让自己变得快要断气似的，双手捂在脸上。国王心里又急又怕，来到儿子跟前说：'我亲爱的儿子德巴丹巴！请你速速去一趟西南恶鬼域，请仙子善士孤沙利来一趟王宫。这并不代表我不爱你了，而是只有仙子善士孤沙利，才能救王后的性命。'

王子答应了父王的请求，骑上骏马，牵着驮骡，随侍从们出发了。走了几个月，到达恶鬼域的第一道门。王子告诉侍从们：'请听我说，我亲爱的侍从们。你们骑着马回家去，再往前走就会成为恶鬼的吃食，请别怀念我，各自回家去。'侍从们说：'我们最敬爱的王子、最善良的王子，我们怎么忍心丢下你一个人回去，不管生死，都请带上我们一起随行。'尽管再三请求，王子依然独自一人走了。

"从恶鬼域的第一道门进去，那里的山、水、房屋都是黑色的。空中飞过的小乌鸦、红嘴乌鸦，发出惊悚的叫声。有个乱发蓬松的黑恶鬼，露出雪山重叠般吓人的獠牙在织帐篷。它一见到王子，扔掉手里的帐篷大声说：'贱命的虫近蚂蚁窝，短命的人撞恶鬼屋；一张口含进全身，一呼气吞进肚子。'说着便将王子吞了下去。当王子虔诚地祷告三宝保佑后，恶鬼原将他吐了出来。它即刻变得畏缩起来，连忙向王子叩拜了三个响头，说：'不知您是神灵，多有冒犯，望恕罪。'王子告诉它自己的身世及来这里的目的。恶鬼回答说：'大后天，正是四月十五恶鬼禁屠的吉日。到时，你骑我的大象坐骑去恶鬼王的宫殿屋顶上。再从楼上向东到玉花园，那里住着仙子善士孤沙利。'按照以上所说，王子骑上大象，落在恶鬼之王九颈刺的宫殿屋顶。仙子善士孤沙利预知到王子的到来，设宴请王子到她那里做客。

"就在这个时候，孟加拉王宫里的王后心想：把王子变成恶鬼吃食的第一件事已完成。第二件事就是将大臣罗智热旦逐出宫。她再次施法使病情加重,让国王心惊胆战。国王问:'亲爱的王后,又是什么在害你呢?'王后回答:'我与大臣罗智热旦十八界、八卦都相克。他在宫里对我伤害极大。所以,请将他流放遥远的海域。'国王让王后在向阳窗看着,假装把他流放了。与此同时,王子将他来恶鬼域的原由,一清二楚地告诉了仙子善士孤沙利。仙子预知到那个王后是夜叉所变,还知道如果不将她铲除,日后必会伤及无辜,于是对王子说:'我奉命从仙界来到恶鬼域,削弱恶鬼的傲慢和嫉妒,使它们变得温顺。现在又不得不满足你的请愿,去一趟人间吧。走之前,我得去向恶鬼之王九颈刺请示。'第二天,恶鬼们谋士会商的时候,善士孤沙利提出要去一趟人间,恶鬼王断然拒绝了。仙子善士孤沙利提出与王子一同去向恶鬼王请示的要求,王子答应了。他们从高大又宽敞的恶鬼宫殿大门进来,大门左右有五颜六色的恶鬼,手拿矛、剑、套索、弓箭等武器看守。他们从那里走过,到了殿内。宽敞的谋划厅上方,坐着恶鬼之王九颈刺。恶鬼王长着九个头颅、九个脖颈。中心头颅的头发蓬松起来,一双大眼睛恶狠狠地环视着四周。锋利的獠牙露在外面,上身穿着九个豹皮,下身穿着九个虎皮,左右的臂膀套着狼皮袖子,一见就能吓破魂的样子。它左右两旁按座椅高低坐着八个头颅到两个头颅的恶鬼。王子毫不畏惧地来到恶鬼王面前,说出了自己的身世及来这儿的目的，并请求恶鬼王让仙子善士孤沙利去一趟人间，助他一臂之力。恶鬼王回答说：'仙子善士孤沙利从天降恶域，实乃我们的福果。她如我心中的瑰宝，不忍派去他乡。因你与众不同来到恶域，所以还要考验你的能力，如能战胜，同意与你同去。'从九个喉咙发出的声音响彻天地。于是，三头恶鬼提出王子要去一趟脓血海域的要求。仙子善士孤沙利将自己用珠宝镶嵌的手镯送给王子并进行了叮嘱。

"第二天，王子到了脓血海域，见大门两旁有两位珊瑚姑娘，正在织珊瑚线。王子将仙子善士孤沙利的手镯拿给她们看，她们手里断了线的纺锤掉在了地上。王子趁她们捡起它的时候，进入了大门。那里面有一个波涛汹涌、弥漫着腥味、使人头昏目眩的血池。血池中间跳出一条叫得极为惨烈且长相极其凶恶的铜母狗向王子跑来。王子说：'我是孟加拉国的王子，是善士孤沙利的夫君，还请母狗别过于猖狂。'他给它看了手镯后，铜狗立刻畏缩起来，夹着尾巴走回了血池。从血池回来后，三头恶鬼又提出去一趟玉花园。王子临走前，善士孤沙利又再三嘱咐了一阵子。王子抵达玉花园的时候，大门两旁有两位绿松石姑娘，正在织绿松石线。王子跟上次一样，将手镯拿给她们看。他进入大门，见很多棵绿松石树被茂密的绿松石叶遮住。突然刮来的一阵大风，将叶子吹向了王子。王子的身体像是被很多小刀刺伤一样，疼痛难忍。王子说道：'我是孟加拉国的王子，是善士孤沙利的夫君，绿松石叶别惹风吹动，立刻变回绿松石树的叶子。'他掏出手镯时风停了，绿松石树也变回了以往茂密的树林。

　　"战胜了这般艰难困苦，恶鬼王很是钦佩王子的超凡能力。它答应让仙子善士孤沙利去一趟人间。便说：'美丽善良的仙子善士孤沙利，请跟随孟加拉的这位盖世英雄去人间，帮助他完成心愿。'仙子善士孤沙利说道：'我去人间完成王子的心愿必须靠一样宝贝。请将恶鬼宫殿上方宝库里的那件心想事成如意宝瓶赐予我。'恶鬼王答应了她的这个请求。于是，王子和仙子善士孤沙利骑着大象，一同去了恶鬼域的第一道门。他们安置好坐骑大象后，对着宝瓶念咒。他们找到了宝石并到了龙域，龙女拿着龙域的'如意瑰宝'在等候他们。同她一起去地域，有地女拿着'山羊皮'在等候他们。

　　"他们一同来到孟加拉国附近，在那儿施法修建了一座宏伟壮观的宫殿。民众立即将此事汇报给了国王。国王即刻派使者去打探，得知是王子回来，高兴地立刻派去了五百个迎队人马。国王跑去王后身边说：'亲爱的王后，你的病会好的。王子请来了仙子善士孤沙利，他们快到宫殿了，请你耐心等待。'王后一听到这话，像是腹中进了毒，一时失去了知觉。王子德巴丹巴等人来到宫殿，举行完庆祝仪式，仙子善士孤沙利便去给王后看病。当仙子讲明并无病痛时，王妃说：'你怎么知道我没病？

我是从天而降的神之女。'仙子善士孤沙利说：'我就是天上的仙子，仙子的身体似伏魔树。'说着现出原形，'请你也现身。'她羞愧地说：'我是龙之女。'龙女说：'我是龙之女，面色白皙蛇冠者，上身为人形，下身蛇形。如果你是龙之女。那请你现出原形。'她再次羞愧地说：'我是地之女。'地之女来到她跟前说：'我是地之女，身体泛黄，头戴黄色头冠，身穿黄色的蛇皮上衣和裤子。如果你是地之女，请你现原形。'她无言以对，又开始装病，喊得撕心裂肺。国王见此情形，请求她们设法救王后。她们三人说：'这个王后非仙、龙、地之女，她就是个女夜叉。给她治病，是不可能治好的。如果照她的意思办，才有可能会治好。'国王没有理会她们的话，只顾担心王后的病情。在座的大臣们一听这话，回想起自王后来到这里后发生的所有事情。他们推断所有事情的来龙去脉，都怀疑她是夜叉或妖怪所变。王后想方设法、绞尽脑汁想铲除仙龙地之女，再解决王子，便跟国王说：'仙、龙、地之女都想害我，如果不赶她们走，我在这儿就待不下去。亲爱的国王，你赶紧命她们在王宫前建一座华丽的王后宫。如果三天之内建不出来，就将她们流放边疆。'国王伤心地将此事告诉了王子，王子又将此事传达给了仙子善士孤沙利。龙之女说：'我可以借助我的如意瑰宝，它可以实现我所有的愿望。'她来到王宫东门前宽敞的广场上，对着如意瑰宝将她的心愿一说，广场中心立即出现了一座宏伟壮观的大宫殿。这座宫殿是一座由四扇大门形成的三层楼宇，宫殿屋顶镶着金子，华盖和宝幢装饰着屋脊。王后及其侍从迁到了新的宫殿。

"王后感到越来越不安，有一天，她邀国王来到宫殿里说："这宫殿虽好，但周围没有一点儿绿意。既没有花草树木，也没有飞禽鸟类。快命她们在两天之内完成这项工作。若没完成，就将她们杀死。'国王按她的要求，命令她们即刻完成。地之女说："我的宝贝山羊皮可以如愿。'于是，她来到宫殿，拿出山羊皮念咒，并向四处掸羊皮，宫殿前立刻出现了一座如仙界林苑下凡般树木茂密、鸟语花香的御花园，里面长满了沉香、松树、柏树等。树上有鹦鹉、迦陵频迦、画眉鸟在歌唱。宫殿前有荷花、红花、青莲花等五颜六色的花。花丛中有成群的蝴蝶和蜜蜂在飞舞。国王见此，惊讶地说："亲爱的王后啊！正如你所愿，不仅有豪华的殿宇，还有美丽富饶的御花园。这下，你的病就会好了。'王后说："宫殿和丛林不过只是饱饱眼福罢了，没什么了不起的。我要在宫殿东面建一个自带香味的泳池，泳池上方用珍珠垂帷装饰。御花园的边儿上也要建几个水池。水池上不仅要有黄野鸭，而且还要水鸟等游过并歌唱。如果不在一天之内完成，就将王子杀死。'这时，国王不满地说："人的欲望需要自己来控制，快马需要缰绳的束缚。无限制地索取，只会自寻短路。'王后听了，回道："你这无情的国王，我是天降仙女，来到人间是为减轻你的丧妻之痛。我令你淡忘痛苦得到快乐时，你却要丢弃我。'仙子善士孤沙利答应了王后的要求。她拿出金瓶许愿并灌入甘露，完成了王后的心愿。第二天，王后及其侍从坐上轿子去沐浴。就在王后沐浴的时候，仙子叫来地之女。说：'快！速速叫你兄长独角前来。'地女掸掸山羊皮，念咒道：'兄长热呐碟碟哇独角，请速速到此，铲除这孽障母夜叉。'说完，泳池中间冒出来一头独角红牛，将独角戳进王后的两乳中间，穿透了她的整个胸腔。王后显出原形，从泳池逃出去，直接跑去王宫跳向国王。国王顿时吓得尖叫：'快救我！'拿着套索和弓箭的军队即刻赶来，射箭将王后杀死了。人们纷纷议论：'这不是上次破坏前王后神魂树，从西门逃走的野猪吗？'这时，国王才知道自己的这位王后，原来是母夜叉变来害自己的。国王向王子德巴丹巴请求原谅，并将大臣罗智热且请回王宫。之后不久，仙子、龙女、地女三人做了王子的妻子，举行了隆重的庆祝典礼。国王告诉王子：'轮回如无边的大海，苦难犹如海面的波涛。远离这无常的痛苦，办法只有学习佛法。寡人已经活至暮年，到了该去修行之时。临走之前，我将这国家交与你手。请你好好治国安民。'国王将王位传给王子后，就到山中修行去了。"

故事讲完，少爷说笑道："欧色该不会是把华宗想象成仙子孤沙利了吧？哈哈哈……"欧色回答说："娶华宗不用去恶鬼域吧？"少夫人接着说："你虽不用去恶鬼域，但管家的后事方

面你可是帮了不少忙。"尕德先生激动地说："欧色讲的故事太
精彩了，时间过去这么久，我们都没发现。"少爷便说："尕德
先生请别急，吃完饭再回去也不迟啊！管家，快上菜。"说完，
家奴们便匆匆忙忙地将饭端来了。他们吃着饭，聊着天。东珠
等三个驴夫向少爷、少夫人叩首谢恩后，慢慢向楼下的住处走去。
那天晚上，达彭梦见了美丽的仙子善士孤沙利、恶毒的王后以
及华丽的宫殿。

大年初二，少爷和亲属们去赴宴。东方巍峨的山顶上洒下
万丈光芒，大地母亲露出和蔼可亲的笑脸。寝殿的楼上早已铺
好了坐垫，桌上摆放着麦穗酥糕、酒茶、蕨麻米饭等食物。香
炉里的香烟升向了天空，两位僧人在念煨桑辞、吉祥天母，供
神酒水。穿戴节日盛装和金银珠宝、打扮得十分高贵的施主和
寝殿的女仆等，从十五户人家过来的男女主人都到齐并按主次
分别坐了下来。寝殿夫人坐在最前排，从姿色及服饰等各方面
都像群星之首的月亮般更胜一筹，她白皙红润的脸庞像初夏盛
开的莲花花瓣一样粉嫩，戴在头顶并缀以白珍珠的珠冠将发辫
衬托得更加乌黑发亮，一对镶嵌着红玛瑙的耳环将皮肤衬托得
十分白皙。紫红色的绸缎上套着一件绿色的短袖绸缎，下半身
穿着一件花色图案的丝线围裙，裙领和裙带用编织的玫瑰花装
饰，脚上是一双用锦缎镶嵌并在红绿色毛呢上绣有花蕊图样的

靴子，胸前垂戴着的卡吾①在阳光的照射下闪烁着耀眼的光芒，脖颈上戴着猫睛石、珊瑚、珍珠等串起的项鬘，还戴着十分均匀的翡翠和珍珠串起的几十串项鬘。在座的无不对这般貌美如花、可与天上的仙女媲美的美女心生羡慕。

女仆们的当家男人们从座位上站起来向少夫人进献哈达，之后按长幼顺序坐下来。侍从们自前至尾倒茶，他们的脸上洋溢着幸福的笑容。女仆阿佳拉泽，康巴女人白马才央、卓米玛等也穿着盛装，她们站起来举起各自手中的糌粑油面、蕨麻米饭和酒进献。就在这时，东方飞过来几只慈乌鸣叫唤友。少夫人说："这是吉祥之兆。"便拿着糌粑油面和其他食物去喂鸟。之后，他们开始立经幡，全体人员站成半圆形的队伍，面朝布达拉宫方向颂愿善神得胜，其中一些长辈开始祈祷，祝愿新的一年里佛法发扬光大，佛教圣者更加长寿。雪域藏家风调雨顺，硕果累累。左右楼顶上也传来颂愿善神得胜祈愿祷告的声音。拉萨每户人家的屋顶上都立着五颜六色的新经幡，微风下飘摇的经幡像给这座城穿上了节日盛装。

三个驴夫在同寝殿的家奴们一起搬运坐垫的忙碌中，度过了上午。

刚过晌午时分，他们三人出门来到翁堆庄园，见许多盛装

---

① 卡吾：妇女戴在胸前的饰品，相当于项链。

打扮的康巴男女在跳舞。往日摆摊做买卖、狭窄拥挤的翁堆庄园，今天变成了一处宽敞的舞台，供人们跳舞。路边有许多拿着供品和旌旗去祭天祀神的人。一处角落里有四五个小女孩在玩踢毽子的游戏，还有几个小孩在打球。达彭见孩子们玩的东西，想到村里的那些小孩们，便觉得城里的小孩们真是好福气啊！

太阳快要落山的时候刮起了寒冷的西风，翁堆庄园的人渐渐变少了，三个驴夫也回到了住处。太阳落山后，城里都是唱歌和唱书词的声音，大家在欢度新年。此刻，三个驴夫也在尽享美酒。不同于往日的是，他们不仅话多了，而且哼起了歌。根据五世达赖的规章宗旨：大年初三，哲蚌寺的铁棒喇嘛将会莅临拉萨八廓以内的地方进行依法管理，维持秩序。执事僧将对朗子厦和堂宫车孟等进行传令管教。柴房南面举办以两位执事僧为首，两个管家及一位柴火老和尚参与的集体会。二十一天的大愿法会期间，拉萨不得有鼓、音乐、铃等声音。市人一律不能晾晒衣服、摆摊等。寝殿的管家来到三个驴夫的住处说："你们快把驴脖上的铃铛取下来，还有庭院里的杂草和驴粪等垃圾也都清理干净，如果让纠察员看到，你们会挨鞭子。实际上你们最好早点儿出发，大愿法会期间，拉萨的纪律会特别严。"东珠摘下帽子叩首并反复答应道："拉索！拉索！"

大年初三开始，拉萨的街道一片静悄悄，到处都是僧侣。他们急忙找羊毛捆子并准备立刻出发，东珠看到达彭买的东西说："欧喽，你买那些东西干啥呀？"达彭回道："这些都是我们路上用的东西。"东珠马上说："快把我的那份钱给我！"达彭只得把他的那份钱给了他。普哇不解道："阿觉东珠，你这是……"话都没说完，东珠发出一声粗重的鼻息，出门去了。他们对羊毛捆子进行称重，写发货单。开始分配驮畜的时候，东珠挑选了轻便的二十捆羊毛，将剩余的放在一边儿，说："你们两个的驮畜是这些。"说完，就把轻便的羊毛驮子绑了起来。留给他俩的驮子太沉以至于无法搭载，达彭说："阿觉东珠，把一克羊毛捆子退了吧！运费从我俩的工钱里出。"东珠说："那哪儿行啊！发货单都写完了。"他不答应，达彭和普哇实在没办法，只能每人弄个背东西的担子背上一部分东西出发。

走了四天后，他们来到了羊卓雍错，整个湖面结了一层厚厚的冰，呈现出玉色，湖面上有很多行人和牲畜。到达华德时，店主问达彭："欧喽，你有没有卖的郭嘉诺布梅巴茶？"达彭回答说："有，店主。"店主又问："一个羊毛被子用七包茶换不换？拉萨换十包。"达彭想了一会儿后买了个羊毛被子。东珠心里虽很想要，但还是没敢说出来。他们迎着寒风、冒着大雪，赶了十二天的路才抵达帕里。达彭给店主送了礼品，笑眯眯地说："刚过完年驮货十分难找，但如果你们需要，随时跟我说。"他们在店主那里拿了三十克驮子进行分配，东珠又专挑胭脂、白砂糖等用干草包装的货捆，留给达彭和普哇的是那些烟草、染料等不好装箱的东西。他俩心里虽然很恼怒，但终究还是没说什么。

他们从帕里出发，赶了四天的路到了岗柔。达彭一到家，就从自己拿来的酥油里取了一些倒进神灯供佛。那晚，他们母子及舅舅聊天聊到很晚。睡觉的时候，达彭将母亲睡觉用的被子换成了新买的羊毛被子。母亲含泪说："阿妈这辈子从来没用过新被子，如今儿子给我买了新被子，我真的是太高兴了。"她抓起被子的一角仔细看着。达彭说："我平日里不能陪在您身边照顾您，您喜欢这个被子，我也打心底里开心。"母亲微笑着再三说："特别喜欢。"母子俩互相看着，开心地笑了。

东珠到岗柔后去见了庄主，他将达彭往日里从寝殿拿糌粑、搭载东西做小买卖、在寝殿少爷跟前说庄主的不是才寄来书信等事添油加醋地告诉了庄主。庄主心想：我还正想给那小子下马威呢，可就是抓不住把柄。听东珠这么一说，他就像饥肠辘辘的狼找到了猎物一样高兴。

庄主说："这次如果不给达彭那小子一点儿颜色看，怕是不行了。"管家在一旁劝道："我觉得听信东珠说的这些鸡毛蒜皮的小事而针对达彭实在是没有多大意义，如果不好好解决达彭的事，日后倒霉的必定是我们自己。还是请庄主好好考虑考虑。"管家的劝说最终没能起到作用，庄主依旧差人去叫了达彭。

达彭到达庄园后，庄主对他说："喂！达彭，从现在开始，你不用去跟驴了，你去榨油房干活就行了。"达彭问："我做了什么让庄主不称心的事，还请您明示。"庄主懊恼地说："你个穷小子还嘴硬，你往本就虚弱的驮畜上搭载东西赚取利润，还偷吃寝殿给驴施舍的糌粑，做了这么多偷鸡摸狗不知廉耻的事，我怎么能继续让你去跟驴呢？"达彭解释说："我顺便做的那些小买卖寝殿少爷知情，我们肚子饿没办法才吃了那些糌粑。"他理直气壮的回答使庄主更加生气："我既然有庄主这个头衔，怎么处置你是我的权利。"

他叫来榨油工才让，让他去跟驴并把达彭打发到榨油房去干活。

第六章　从驴夫变成骡夫

达彭日日夜夜待在榨油房，有一种小鸟被关进笼子的感觉，当他走出榨油房看见远方的雪山和弯曲的小路时，就会想起他们赶着驴气喘吁吁地迈着大步跋山涉水的情景。回头再看看这间狭窄似牢笼般的榨油房，他就没有了干活的心思。坐在榨油房的阶梯上，他仰头看着展翅翱翔的大雕，噙满泪水的双眼变得模糊起来，眼前还浮现出庄主的面孔，于是他长叹着气心想：我什么时候才能摆脱那个坏人呢？如果跑去拉萨向少爷说明缘由，讨回公道该多好啊！可如果自己真那样做，会给母亲和妹妹带来多大的伤害啊！他立刻打消了这个念头，两手托着下巴，不知所措地待在那里。

母亲拿着糌粑和酥油来到榨油房，见达彭郁郁寡欢，担心地问:"欧喽! 你是不是哪里不舒服? "达彭看着母亲说:"阿妈,我没事。"母亲把糌粑放在达彭面前, 倒着茶说 :"欧喽, 快吃糌粑! "达彭回答 :"阿妈, 我现在还不饿。"他站起来又开始干活了。母亲知道儿子心情不好, 便对他说 :"儿啊! 我知道你比父母心性要强, 但你要知道, 我们是一辈子为奴的人, 得对主人恭恭敬敬, 你虽年轻气盛, 但一定要把阿妈说的话放在心上。"母亲说完看向达彭, 达彭则继续忙着干活, 没有回答母亲的话。过了一会儿, 母亲说:"儿啊! 你记得吃饭, 我还得去趟庄园。"

母亲走出榨油房, 达彭见母亲弯着腰驼着背、步履蹒跚的身影, 内疚自己没能完成父亲临终的嘱托, 母亲和妹妹为了温饱日夜艰辛地为庄园卖命, 自己什么时候才能让她们从劳累的生活中解脱出来呢? 想到这里, 达彭的心像被利剑一道道划伤一样疼痛难忍。就这样, 他一个人伤心地哭了好久。

大地被黑暗包围起来, 天上闪烁着繁星, 榨油房像远离村庄偏远山坡上的禅堂, 独处一方。达彭依然坐在台阶上看着远处模糊的雪山, 心里默念:阿觉欧色, 我什么时候才能见到你呢? 阿觉普哇什么时候才会返回呢?

达彭正忙着干活, 听到门旁传来咳嗽声, 他看见庄主站在那里, 他没理会, 仍埋头干自己的活。庄主气得声音都在颤抖, 他对达彭说:"喂! 达彭! 虱子再努力爬行, 始终在衣领左右。

你一个贱奴有什么可神气的，再不识好歹，以后还有你受的。"
达彭瞪大双眼看了他一眼后，继续干活。庄主懊恼万分："你个
穷小子不知道我是什么样的人吧？这样也好,俗话说'对马无害,
马鞍绝无损'。我斗不过你，就别管我叫庄主了。"说完，他跺
着脚愤然离去。庄主的恐吓并没有令达彭感到害怕，他心里只
想着阿觉普哇什么时候回来。

　　这个月对达彭，可以说是度日如年。一天，达彭经过庄园
门口，听到里头传来铁铃声。他急忙跑进去一看，见驴被拴在
院子里。他像是见到经久未见的兄弟,高兴地去抚摸驮驴的脖子，
然后径直向阿觉普哇家跑去。

　　三个驴夫去庄园上交运费，普哇将一封书信也交给了庄主。
庄主打开书信，上面写道：岗柔小庄的庄主听命！你将之前的
驴夫达彭拘留在庄园甚是不妥，我命你让他依旧跟驴，我认为
东珠相对比较年长，长途跋涉有点儿困难，所以把他留在庄园
甚好。以上命令，应予注意，由本人写于二月十五日的拉萨。
庄主念着念着，额头的脉管僵硬起来，喘气声也变得越发急促，
不时地走来走去。驴夫们见状，心想：是不是发生了什么不幸？
他们不安地看看彼此。庄主说："你们先回去，运费到时候去
管家跟前拿。"见他们走远了，庄主喊道："喂！快去叫管家来
一下！"一声命令之后，一个家奴即刻跑了出去。过了一会儿，
管家到了，庄主笑呵呵地说："管家！让达彭待在榨油房确实不

妥，还是换东珠在榨油房比较合适。你去告诉他们，让达彭继续跟驴，东珠留在庄园。"管家看着他的脸，想说点儿什么，但被打断了，"就这么定了，明天得出发了，你赶紧去通知他们。"

管家来到榨油房对达彭说："欧喽！你赶紧回家收拾行李，明天要跟驴出发了。"一听到这个消息，达彭像逃出笼子的鸟儿一样高兴，但他仍装出一副淡定的样子说："管家！那请您现在就把我的工钱结给我。"他拿着钱和粮食回到家，并将自己又可以跟驴的事告诉了母亲，母亲泪眼蒙眬地说："那我们母子不是又要分开了吗？"舅舅说："吉巴，这有什么可担心的？古人说'男儿志在四方'，年轻的时候就该出去闯一闯。"

第二天清晨天还没亮，普哇、达彭、才让从各自家里启程了。他们抵达康马时，达彭向普哇询问之前的买卖情况。普哇说："都换成了钱在这儿。"他掏出钱来，"这次没能从店主那里拿圆茶，你不在的时候，我们亏了好多买卖。"他想了想又继续说，"这次有很多人在打听你。帕里、聂若、浪卡子、白地、曲水等地的店主都问达彭去哪儿了；到拉萨后，寝殿大门旁的那位酒馆阿佳也向我仔细地询问道'上次那个给我们卖粮的小伙儿没来吗'……"他开玩笑地说，"以后，你可以做他们家的上门女婿。"过了一会儿，普哇又说，"我们到拉萨的第二天，欧色问我你是不是没来，我把实情告诉他后，第二天，他让我将一封信交给庄主。庄主看了那封信后很是恼火。"达彭自言自语地说："哦，原来是这样啊！"他继续问普哇，"阿觉东珠没说从运费里扣钱的话吗？"普哇回道："那个我忘说了。"达彭嘱咐道："这话阿觉以后跟谁也不要提起。"

到达白地的那晚，店主给他们敬了酒，还送来了糌粑。她笑眯眯地说："我还担心你是不是生病了呢？今天见到你，真是太好了。这次带了哪些货呢？"达彭回道："我这次没能去帕里，所以啥货都没有。"说着看向一旁，见旁边重叠着几十个优质的羊毛被子，便问："一个多少钱？""一个八十五两银子。"达彭挑选了四个上等被子并交了钱，还买了两只羊腿。他们赶了六天的路，终于到了拉萨。一到寝殿的院子，欧色便跑来说："太好了，欧喽达彭到了。晚上咱们长谈啊！"说完先忙去了。

晚上，欧色来到他们的住处并询问了达彭整个事情的经过，达彭也说明了原由。欧色回去的时候，达彭掏出两只羊腿："阿觉欧色，这里有两只羊腿，一只给你，另一只请帮我转交给少爷。"欧色客气道："欧喽达彭，你何必这么破费呢？这样……"欧色想再说什么，达彭回道："这只是我的一点儿心意，请你务必接受。"

三个驴夫每人抱个羊毛被子走出了寝殿，没走多久就碰见了阿佳拉泽，她问："欧喽，你们这是要去哪儿啊？有没有卖的粮？"达彭答了一句："没有。"阿佳拉泽仔细地看了看达彭肩上的被子问："这是要卖吗？"达彭说："嗯，是的。""价格是多少啊？""一个一百五十两银子。""不讲价吗？""您给多少？""一百三十五两行不？""那好吧！"阿佳拉泽选了一个并交了钱。他们把剩下的两个也拿去集市卖，很快就卖了好价钱。回来的时候，他们去了阿佳拉泽的酒馆，阿佳拉泽给三个驴夫每人敬了三杯酒后问："其他两个被子卖上好价钱了没有？"普哇说："每个都卖了一百五十两银子。"阿佳拉泽急忙说："如果是那样，我当然也要给一百五十两啊！"她正准备从口袋里拿钱，达彭语气坚定地说："阿佳拉泽，这钱我是绝对不会收的。"阿佳拉泽说："那就谢谢了，以后有啥需要的，尽管跟我提就是了。"说着敬了一杯酒。

三人喝完酒，达彭将酒钱放在桌子上说："阿佳拉泽，我们该走了，酒钱给您放桌上了啊！"他们起身准备走的时候，阿佳拉泽把桌上的钱装回了达彭的口袋里。达彭道谢后，他们回了寝殿。

他们三人回到住处还没来得及喝完一杯茶，少爷便叫达彭过去回话。他即刻径直跑去，到门口后擦了擦鞋，轻轻地掀起门帘走了进去。见到少爷后，他摘掉帽子，急忙行礼。少爷乐呵呵地说："达彭，快坐！快坐！"他坐在了地毯的一角，抬头见桌子上的大盘子里放着吃剩下的一块羊肉，旁边还放了个圆肚酥油团。少爷说："你是不是不想跟驴，想待在母亲身边？""不是这样的，我很想跟驴，这样，我就可以顺便做些小买卖赚钱

来改善我们家的生活。但是庄主他……""好！我都知道了，也
听说你用做小买卖的钱给你母亲买了新被子的事。""向少爷澄
清的是这并非我心存放逸之心，我深知这些都拜恩人少爷您所
赐。母亲也是每天早晚都在虔心祈祷少爷跟少夫人能够事事顺
心，身体安康。"达彭说完，少夫人面带微笑地问："真可怜！
你们家有几口人？"达彭如实回答了她。少夫人接着又问家里
的情况和家人的工作。达彭心想今天是说出自己苦衷的好机会，
于是回道："自父亲去世后，庄主让我跟驴，叫妹妹到庄园为奴。
别的家奴晚上可以回家，妹妹却要日夜待在庄园干活。因妹妹
回不了家，所以没人照顾年迈的母亲……"说着说着，便情不
自禁地落下了眼泪。少夫人看着少爷，请求道："少爷，请您写
一封允许达彭妹妹辞退工作回家的书信吧！"少爷思索了一会
儿问："庄园家奴的月俸是多少？"达彭回道："每人十藏升粮食。"
少爷看了看少夫人的脸，再转向达彭："你不用担心，你回去的
时候我给庄主写一封详细的信。来，说说你之后有啥打算。"少
爷笑呵呵地问他，达彭伸伸舌头不敢说。少爷鼓励道："你这种
年纪是最聪明能干的时候，来，说说看，或许我还可以帮帮忙
呢！"达彭说："我希望妹妹能回家照顾母亲，想再给家里买一
头奶牛让妹妹挤奶照看。这次我打算买一头奶牛，但是钱不够，
我想请少爷先借我一点儿钱。"少爷听了，说："这样很好啊！
我将这次的运费先借给你，日后定要全部还完。"达彭即刻高兴

地道谢："为报答少爷及少夫人的大恩大德，我愿一辈子一心一意为你们效劳。"少爷说："从现在起，收运费和找运货都由你来全权负责，你顺便也可以做点儿小买卖，还有，以后路上的干粮不够了直接跟我说。"达彭激动地回道："谢谢您！"少爷又说："你送的肉太好吃了，欧色的那份儿我也准备霸占，这酥油团拿去路上吃啊！"说完，少夫人拿起桌上的酥油递给了达彭，达彭行礼并再三道谢后退至屏风处转身走了出来。

达彭心中乐开了花，回到住处后喝了杯茶就马上去找羊毛捆子。他们计算了二十九捆羊毛，留出来的一头驮畜准备搭载他们共同的东西，运费由公费出。一切准备就绪后，他们就从拉萨出发了。早上，阿觉欧色交给达彭一封信说："欧喽达彭，这封信别给弄丢了啊！信里写了将你妹妹从庄园辞退及此后跟驴的事全权由你负责的事。这封信是由少爷亲自写的，你一到庄园即刻交给庄主。"达彭眼里含满泪水，他看着阿觉欧色的脸说："阿觉欧色，你的恩情我永生难忘。""别这么说，路上注意安全，我们很快就能见面。"达彭赶着驴走到寝殿门外，回过头见阿觉欧色还在原地看着自己，他心里难受得不忍再回头，便大步向前走去。

从聂塘出发的那天，大风扬起的尘土弥漫了整个山谷，三个驴夫艰难地赶着驴前进。他们走到了上下惹瓦地区的一处陡坡时，一头搭载着箱子的骡子与驴子相撞，骡背上的箱子撞在旁边的磐石上，骡子摇晃着身体撞倒了旁边的驮驴。达彭急忙跑去扶驴起身的时候，一个抓着刀柄、戴着狐皮帽的小伙站在达彭面前说："哎！你为啥不让路？"达彭不屑地回答说："这条路属于所有过往的行人，不是你一个人的。"一听这话，小伙马上抓起了达彭的上衣，普哇跑去劝架，不料挨了骡夫一拳，才让捡来一块石头正要砸向骡夫时，迎面来了一位骑着青骡的大老板，说："喂！你们别欺负驴夫，赶紧赶路去。"骡夫们这才离开。达彭他们扶驴起身，见驴的腿部有一个很大的伤口，赶紧卸去了驴背上的东西，分别搭载在其他驮畜上。

他们继续迎着风沙赶路，赶了十四天的路终于抵达了帕里，在帕里待了三天后又继续赶路。达彭在嘎拉买了一头上好的奶牛。他们一到岗柔，达彭立刻去庄园将少爷的书信交给了庄主，然后把牛送回了家。第二天，他们又从岗柔出发了。庄主将少爷寄来的信从头到尾读了两遍，叹着气差人去唤管家。不久，管家到了，庄主严肃地说道："管家，明天让潘多回家去吧！"管家问："这是为何？"他将书信递给管家看，"如果不好好对那穷小子，恐怕是要惹祸上身了。"管家说："达彭好像还买了头奶牛，而且少爷指明要借钱给他。"管家见庄主对此不发表意见，就把书信放在桌子上说，"我这就去通知潘多，明天开始不用来庄园。"说完便走出了门。

岗柔小村庄里传遍了关于达彭的各种议论。之前的七串圆茶和给母亲买新被子的事还没说完，现在又买了一头上好的奶牛拴在了家门前。全村人和庄园无不钦佩达彭的才能，尤其达彭此次回来，一直在庄园为奴的潘多突然被辞退回家，这是全村人讨论得最热门的话题。至于辞退的原因，除了庄主和管家外，连达彭的母亲和舅舅都不知情。这件事情是好是坏谁也说不清，母亲只盼着达彭能早点儿回到家。

三个驴夫从岗巴拉山顶走下来，炎热的天气使他们汗流浃背。他们到了曲水等中部地区一带，眼前的柳园和青草地像铺开的绿草坪，长满新嫩芽的枝头上能听到许多鸟儿在自由地歌唱，宽阔的田野里长出了绿茵茵的新苗儿，可与琉璃色相媲美的河水静静地流淌着，这一美丽的风景使达彭神清气爽，尤其这次为家里做的事，着实让他既充实又快乐。于是，他禁不住哼着小曲儿往拉萨方向赶。

暖意融融的夏季，拉萨的市民都喜欢提着酒水和各种各样的食物去林卡唱歌、跳舞、玩游戏。过了晌午，三个驴夫抵达了拉萨。达彭本想着即刻找到原主并进行交货计算，可谁知原主去林卡了。达彭让两个驴夫先回住处，自己去嘎玛河林卡找原主。

达彭进入嘎玛河林卡的门，见柳树下面搭满了布帐篷。留声机里播放着朗玛堆谐和印度歌曲。他朝各个帐篷方向看去，里面都是些穿着盛装的男人在打牌游戏，旁边的妇女则聊着天悠闲自在地坐在一边儿。他向那些人打听原主，可没人理会他，他去了好几个帐篷前询问都徒劳无功。达彭饥渴难耐，便去一家帐篷前要了点儿凉水喝，帐篷里出来一位比较年长、戴着康巴首饰的妇女，她拿着酒壶和酒杯走到达彭跟前给他倒酒喝。达彭渴得一股脑儿喝了三杯酒，康巴妇女看着达彭问："你饿不饿？"这下，达彭不好意思地扭扭捏捏起来，妇女回帐篷拿来一坨肉疙瘩和一篮子馍馍放在达彭面前，还递给达彭一把小刀。她说："快吃吧！"达彭接过肉和刀吃了起来，他吃出了一种别样的香味，一会儿的工夫就吃完了两个馍馍和几疙瘩肉，康巴妇女倒了一杯酒问："我估计你是从远方来的旅客吧？"达彭将自己的身份和来这儿的目的同她说明后，妇女说："真是可怜啊！你今晚即使找到了你的原主，他也不可能给你清点货物，吃饱喝足后还是回去得好。"说完，她又敬了达彭一杯酒，达彭喝完那杯酒，向康巴妇女道谢后便离开了那个林卡。

第二天，达彭一起床就去给驴添加饲料，他听见三楼的窗台上有画眉鸟在鸣叫，他抬头仰望时，见窗前摆放的整排玫瑰花、夹竹桃、竹花、卓玛花都绽放着。笼子里的鸟儿也发出清脆的鸣叫声，这种美好的气息吸引着达彭，让他看了许久。普哇在屋里喊道："欧喽，先过来喝茶，我们早点儿去交货。"达彭听到叫声，马上进屋去了。他们吃完午饭后，交了货。达彭背着少许粮食向阿佳拉泽的酒馆走去，卖完粮将钱装进口袋，正准备回去的时候，阿佳拉泽坐到他身旁开始聊起天来，阿佳拉泽说自她丈夫去世以来，阿觉欧色是如何帮助她们母女，夸他有多能写会算有能力，还透露了想让他做自己女婿的心思。达彭也夸赞阿觉欧色是怎样被少爷器重，说日后肯定能做上寝殿的管家之位。他们越说越能说到一起，时间不知不觉过去了很久。

太阳落山之际，三个驴夫各自回到了住处。达彭将买来的酒放在大家面前，普哇逗笑着举起酒杯给他们敬酒，屋里充满着他们的欢笑声。达彭突然说："今天是初八，咱们转八廓去吧？"他们俩也同意。于是，他们去了八廓街。八廓街上热闹非凡，很多人一致向前走着，他们也念着"六字真言"加入了人群。达彭向八廓街上方排列整齐的窗户望去，点着油灯和蜡烛的房间里，花花绿绿的窗帘上的影子模模糊糊的，点了煤油灯的房间里，则显得璀璨明亮，不仅能看清窗帘上的竹叶图案，而且还能看见墙壁的颜色。达彭见八廓街的一角有几个僧人在念消碍道和心想事成，转八廓的行人偶尔往他们面前的箱子里投去五分钱、七分五厘、一钱等。他也从口袋里掏出一钱，投进了那个箱子。

一群十来岁的小孩儿跪在路中间，用细长的嗓音唱歌乞讨。他们走近一听，歌词是这样的："阿佳啦，你的背影婀娜多姿，正面看去美貌如花，身材苗条如细竹，面庞美丽如圆月，青丝长发如绿苗，阿佳啦想敬酒给我，我也想喝你敬的酒。"达彭看到这些可怜的小孩，心生怜悯地赶紧摸了摸口袋，掏出刚才卖粮换来的钱分别给了他们每人一钱。

那夜回到住处，达彭一躺下来就在想：拉萨这片圣洁的土地，一部分人因在西藏地方政府掌权代代为官财富万贯，一部分人则入职地方政府衣食足够，一些东输西运的商人也都过着衣食无忧的快活日子，就连那些乞讨糊口的人也都喝醉酒哼着小曲儿——拉萨真是个有趣的地方。他东想西想了一会儿后，不知不觉就睡着了。

达彭他们只在拉萨待了一天，找到货物后即刻出发了。就这样，他们有时运帕里到拉萨的长途货，有时运帕里到浪卡子的短途货。跟驴长达三年后的达彭对沿途遇到的山川、河流、大小村落像看自己的手纹一样熟悉明了。路上的店主都跟他很要好，哪一家都会热情款待他。同样，他对驴的背部、腿部等受的伤也懂得了一些治疗的方法。跟驴的同时做的小买卖使自己的家庭条件也得到了改善。如今，在穷困潦倒的岗柔村，他们家也算是矮子中的将军了。可在达彭眼里，他们家现在的条件还是很差，他还想将买卖做得再大一点儿。当回过头想到自己不仅是个身心都属于别人的奴隶，而且还是个不识字、没有过人本领的人时，他就变得郁郁寡欢了。

帕里县的旧县长退休，委派了新任县长执事。寝殿的少爷被封为帕里的西县长，公职人员且杰被封为东县长。寝殿的少爷和欧色，还有一些干练的侍从很快来到帕里。他们抵达帕里后过了七天，开始了接管工作。自那以后，人们开始称寝殿少爷为西县长，称欧色为县长助手。按照以往的习俗，那个地区的税官们都要跟委派的新任县长见面。措哇、蕃恰、佳热等地的头人去拜见东县长，发现东县长是一个傲慢的人，尽说一些不切实际、威胁、恐吓他人的话。而拜见西县长的时候，一跨进门槛准备摘帽行礼，西县长却站在一旁笑呵呵地招手并请他们坐下，而且还温和地与他们交谈。这令那些税官出乎意料，所以他们给少爷上报了很多关于帕里县的情况。

自那以后，进出东西县府的人数，开始越发明显。连三个驴夫每次抵达帕里，管牲畜的草料和他们饭菜的人都非常多。帕里不同于拉萨，地方小而且气候又不好，连个外出消遣的地儿也没有。所以，少爷觉得实在是难以度日，想玩麻将来打发时间却又找不到玩伴。一天，随身侍从达吉见西县长心情不好，请来邦达和两个本地的大老板及帕里的曲才让等来县府玩骰子,这使西县长格外开心。自那以后,他们变成了西县长的玩伴,西县长也不时请他们来玩。

有一天，邦达老板来县府给少爷送印度靴子、护肤品、香水等礼物。他们聊天的时候，邦达老板问："府上马棚里的那几十头驴是您的吗？"少爷长说："是我的，那些驴是用来运货赚运费的。"大老板说："这么大一个寝殿，让几十头老驴运货能有啥收入！"少爷睁大眼睛看着大老板，大老板说："禀西县长，我昨天收到一封信。信上写着：最近，拉萨来了一大批卖优质驮骡的青海商人。西县长可以买三四组骡，一来赚得运费利润，二来可以提升寝殿的名声，不是一举两得吗？"少爷只是捋捋胡子没有回答他。大老板似乎猜到了少爷的难言之隐，便说："如果西县长有意要买，我愿助你一臂之力。"

少爷想起此次从拉萨到帕里，路上遇到的那些骡夫和驴夫们：脖颈上装饰着下垂红缨串铃的两匹骡似野鹿般领着骡队前进，头戴狐皮帽、身穿布大袍和皮鞋，腰部挂着银或白铜刀，刀上刻着浮雕花纹还配着刀鞘、项戴宝盒的年轻骡夫们紧跟其后迈着大步，嘴里还大声地唱着康曲，吆喝着赶着骡队前进。他们前方的驮畜驴则像站在大象旁边的兔子般瘦弱，尤其是想到那些驴夫们的可怜样儿，虽早有卖驴换骡的想法，可手头拿不出那么多钱。于是，他低下头长叹了一声气。老板接着马上说："西县长，做买卖犹豫不得，如果您急需用钱，我可以将手里的五百银章都借给您，这些钱足够您买三组骡，西县长意下如何？"听他这么一说，少爷果断地说："这样就太好了！"他决定将邦达老板的建议付诸行动。晚上，少爷将达彭叫去房间说："你们这次拉一趟到浪卡子的短途货，点交完货将驴送回庄园，然后从庄园家奴中选一名身强力壮的青年，再由你们三人赶着一匹搭载食物和被褥等行李的驴直接到拉萨来，我会给庄主写封信告知这方面的情况。"

第二天，少爷去找东县长商量暂时由欧色代替他在帕里工作，自己急需回一趟拉萨的事。第三天早上，少爷从帕里出发了，八天后，他们抵达了拉萨。少爷一回到拉萨，马上派骑马的随从扎巴和一些家奴去集市上，看有没有驮骡卖。随从扎巴回来向少爷禀报："禀少爷，大部分骡都已卖完，剩余的几匹毛色也不太好，而且可以肯定年龄都已是新齿一岁以上的骡了，听青海商人说两天后还有一批骡到拉萨。"

两天后到的这批骡看上去虽有些瘦弱，但毛色发亮、两耳尖长、脖粗臂方、腿脚细长，而且可以肯定大部分骡子的年龄都在新齿一岁以下。他们买了白额、白嘴、白眼的骡及毛发间掺杂着朱红色的朱红骡等二十匹，也就是两组骡，另外的一组骡准备过几天再买。这期间，他们准备好了骡队的鞍垫等东西。这时，达彭和才让，还有代替普哇的拉巴等三个小伙子也到了拉萨。不久，青海的新马骡商人也到了拉萨，他们又买了十匹骡，也就是一组骡。三组骡的鞍垫、额饰、项饰、串铃、尾绳，就连绊胸带和饲料袋及捆绑货捆的茶皮带都已准备就绪。

少爷安排给三个骡夫每人发一顶缎面的狐皮帽和土灰色的布袍、白色的绛上衣、上了里子的裤子、一双皮鞋，还有白铜刀鞘的长刀等。全部准备好后，随从扎巴去向少爷禀报："按照少爷的嘱咐，已全部准备完毕。"少爷兴奋地说："好，我们去马棚瞧瞧！"说完，他们迈着急促的步伐走向马棚。三个驴夫一见到少爷，即刻摘下帽子行礼，少爷仔细观察了那些骡子，然后转向达彭说："好！非常好！达彭，你跟驴的日子已经彻底结束，这三组骡，今天就交给你们三人了。日后，找货和交货、收钱及计算收支的事由达彭全权负责。还有，以后不用去庄园点交运费，直接去帕里点交给欧色就行。你们的工薪也会有所增加，每年每人获得二十银章多，另外给达彭再加五银章多。如果你们好生照看牲畜并且运费也赚得多，那我可以考虑再加薪。你们要好好干！"达彭说："请少爷放心，我们定竭尽所能，万死不辞。"少爷对随从扎巴说："扎巴，你以前跟过骡，该注意的事项，好好教教他们。"说完便回去了。随从扎巴从三十匹驮骡中选了一匹白额骡和一匹浅赤色骡作为领头骡，剩下的骡按好次混合起来，给每人安排了一组骡队。之后，他将搭载法、赶骡队时的吼法、指挥法等教给了他们，还将早上从牛脚索放骡时先放两匹领头骡，后依次放其他骡子等该注意的细节都一一讲明，又说："骡子现在看上去虽体弱，但可以边调养边让其干活。这样，日后会驯服些。虽然会出现领头骡暂时不领头或其他骡子收拢在一起与别的骡子相撞的情况，但你们脚底下放利索点儿，眼睛看仔细点儿，好好驯服，运个两三趟货，牲畜就会稍微听话，你们也就可以安心赶路。千万要记得，别刚开始就让驮骡养成恶习。"他们专心听取扎巴的教导并牢记于心。

天黑了，达彭、才让、拉巴在油灯下吃着饭，达彭不比以往，话不仅多了，还将心中的喜悦表露了出来。才让说："欧喽，你不在的时候我们很是无聊，现在好了，愿我们以后的买卖做得更加兴旺！"他们哈哈大笑起来。达彭仔细想了想后，越发觉得好事越来越多。驴换成骡后，阿觉普哇不用跟驴，自己不用受庄主的欺凌，还有自己家的穷困情况也能转变得更好。想到这里，他心里非常高兴，吹着口哨，去给牲畜喂草料。

他们计算完全部运费后，从拉萨出发了。走之前，达彭去阿佳拉泽家问有没有礼物或书信要寄给阿觉欧色。他一进门就碰到了华宗，达彭说明来此的目的后，她紧扣着眉宇说："欧色去帕里已有三个多月了，他没有回拉萨的意思吗？""阿觉在县府替少爷担任西县长一职，公务繁忙。"话还没说完，阿佳拉泽便拿着一封信和一个包裹出来说："达彭啊，把这些交给欧色。"她把东西交给达彭后回屋去了。达彭问："华宗，没有要转达给阿觉的话吗？"华宗回道："我如果能跟你一同去帕里，那该多好啊！"达彭说："我到帕里后会跟阿觉说你特别想念他。"听他这么一说，华宗露出了羞涩的神情，从口袋里拿出一个小布包交给达彭说："请你务必将这个小布包交到欧色手里。"还给了达彭一张十块钱的钞票说："这是给你的小费。"达彭将东西装起来后说：“谢谢，那我走了啊！请你不要担心，我一定将东西交到阿觉欧色手里。”说完，掀起门帘出去了，华宗在后面看着达彭直到一处墙角遮住了他的身影。

第七章　在噶伦堡的奇闻妙事

　　他们三人将东西搭载于三组驮骡，从拉萨启程了。正如随从扎巴所说，骡子聚拢在一起，走得飞快。太阳很快落山了，他们在短时间内赶了很长的路。但凡路过的旅店，店主都亲切地称三个驴夫为"三位骡夫"。他们抵达娘索后，卸去货物和鞍垫装进了牛皮船。有些骡需拉着拴绳领路，其余的都被赶下了水。载着人和行李的牛皮船引着水中的骡队过江。过江时，这些新手驮骡总往反方向跑，船旁的小骡还试图上船。因正值仲夏江水高涨时期，江面泛起令人恐惧的波涛，船上的骡夫们胆战心惊。到港口后的那几天，要么倾盆大雨，要么艳阳高照。他们饥渴疲劳地走了十天，第十天下午，太阳落山之前终于抵达了帕里。

　　帕里的店主见他们来，吆喝道："西县长的骡夫们来了！"

并热情款待了他们。就这样,这个称呼传遍在那里的商人、骡夫、驴夫、牧牛人中间。他们在帕里与别的旅客聊天的过程中,得知如今噶伦堡的羊毛价格日渐高涨,帕里的卢比汇率慢慢下跌,由原来一卢比换四两藏币降至现在只换二两八,现在好多人手里除了卢比没有藏币,导致需往藏地发货的人大都没钱付运费。

达彭将打听到的这些消息上报给了少爷,少爷仔细听着,并不停地点头。少爷说:"说句实话,这里的人如果不试着做点儿买卖,就没什么其他的谋生之计,种进田里的是种子,收获的却是杂草。"达彭应和道:"正如少爷所说,光靠庄稼吃饭是行不通的。这个地方是藏汉进行贸易的重要地段,所以还有其他很多谋生的方法。"

少爷仔细地看了看达彭的脸,"哦"了一声,达彭继续说,"帕里的一些税官将田里的禾苗收割后以高价卖给路上的骡夫,很多户人家附近都有自己的牧场,他们把自家用不完的牛奶、奶渣、酥油、牛肉等卖给别人,部分人家从噶伦堡输入一些商品到藏地,然后去日喀则、江孜、拉萨等地卖,还有一些小资本家将帕里的土产运去不丹卖,货币贴水的买卖主要由大部分地区或一些人在做。"少爷点点头:"让你当骡夫,还真是所谓檀香当作拨火棍,缎子用作抹灶巾①啊,哈哈哈!"少爷一笑,达彭红着

---

① 檀香当作拨火棍,缎子用作抹灶巾:比喻大材小用。

脸搓搓脖子伸了伸舌头。

少爷接着说，"听你这么说，还是做货币贴水买卖好啊！"达彭回答说："是的！"少爷说："好！你快去把这次的运费和县上的收入共一千银章多换成卢比。"达彭应道："拉索！"

过了几天，达彭把一千藏币以二两五钱换成卢比清点计算给了少爷。

帕里堆积了大量羊毛，帕里至噶伦堡的运费也随之日益高涨，少爷命达彭他们即刻运羊毛去噶伦堡。出发前，少爷从账库提前发给每个骡夫两百五十卢比供他们吃住用。

三个骡夫从帕里出发，赶了六个小时的路，发现地势渐渐变低，地方也变得越来越狭窄，还有森林。走了一段时间，他们来到一处山谷，波涛汹涌的河流发出的急促声响充满了整个山谷。河流左右长着几棵又高又粗的柏树，风轻轻吹动树枝和树叶，好似在欢迎游客的到来。两旁的山界至山坡间的松树比赛一样，缝隙中长满了刺蘖树、带刺树等短小的树种和郁郁葱葱的小草。又高又陡的山顶长满了茂密的桦木，披着绿茵森林衣裳的高山相对而立，好像在比较各自的雄伟。

那晚，他们住在噶尔。这个地方弥漫着柏树香味，房屋四角顶着四根又粗又高的柱子，房梁上铺着厚厚的木板，楼上的汉式房屋屋顶由椽木作撑架，上面铺着薄木板。楼上住人的房间由间壁木板隔开，装上了玻璃窗。里面的灶房、小卧室、客房都铺着木板。楼下用来圈牲畜，主房旁的一处空地围着篱笆，用来圈客人的骡子。在穷乡僻壤成长的三个骡夫来自地势高、没有森林、由马牛粪作燃料，还要顾虑用度的地方。他们见厨房中间的大土灶里可以不分日夜地添加木柴，山上或路上有比石头还多的火柴可用来生火，心中既感慨又羡慕。

本地人不分男女，皮肤都很白净，男人的发型与汉族一样，穿衣普通，裤子是用红毛呢做的一脚裤；女人穿绿毛呢做的一脚裤，两耳戴红光璀璨的松石。外出时上身披一件叠成三角形的方形红黑色氆氇，两端在胸口用银子或白铜的紧口挂钩扣紧。这里的人，男女说话声音洪亮，走路脚步有力。晚上的水流声无法让达彭入睡，他好几次去给牲畜喂饲料。黎明时分，达彭和两个伙伴吃完早饭就出发了。

天快亮的时候，两侧茂密的树林处烟雾弥漫，森林里各种鸟鸣奏响了交响乐。地势变得宽阔起来，翻过山腰的那段路，便到了称之为朗玛塘的地方。似手掌一样平坦的茂密草地上盛开着五颜六色的花朵，花朵上还有成群的蝴蝶和蜜蜂在飞舞。平原上的那道竖形水渠里流淌着如镜般清澈的水流。此情此景吸引着达彭，他摘去头上的帽子，嘴里哼起了小曲儿。他们走着走着，走到了那个平原的边界。对面大象盘踞般的山脉前，高出的小山上坐落着亚东东嘎寺，它像乾达婆王的宫殿坐落在须弥山上般亮堂堂地展现在他们眼前。创建这座寺院的亚东格西仁波切将自己配制的格西药丸，作为神物赐予三区的藏族百姓，因此他的威名在整个藏地可谓家喻户晓，在印度也是威名远扬。

达彭的双眼闪烁着信仰的光芒，他朝拜了亚东东嘎寺，心想：返回时一定要设法弄些格西药丸回去。小山两侧的热邦岗和尕郎岗两个庄子像紧挨于本尊佛旁的两位信徒，道路两旁长满了长短不一的树木，茂密的绿茵枝头间乌鸦在不间断地鸣叫。他们从一处山嘴走过，经过英国人建造的上红下白的一排汉式房屋，抵达上下亚东边界的下司马镇。当晚，三个骡夫在下司马过夜。

下司马镇不仅是亚东地区、卫藏、印度、不丹等地区各种商品最为集中的大市场，而且还是藏地和印度之间进行商品运输的重要地段。下午，三个骡夫在旅店打尖休息了一会儿。傍晚他们去镇上转了转，下司马镇的集市呈长方形，两侧排列着商店，中间有个肉、酥油、菜类等各种货物聚集的大市场，市场里有饭馆、酒馆。商人中有不丹人，也有本地的亚东人，还有来自卫藏等地的商人。他们的装束和语言虽不一样，但他们做买卖的时候还是能够和谐共处。镇上的房屋都是由木头修建的，有些房子的屋顶盖着漆成红色的铁板或石板，还有屋顶的木板被小石头压着的房屋，房屋的结构、形状和卫藏地区不一样，所以达彭看得很入神。

　　他们回到旅店时，拉巴还没有回来，达彭和才让给骡子喂了饲料。天黑了，还是不见拉巴的踪影，他们俩开始着急了，决定出门去找。

　　酒馆里有一个喝醉酒睡在地上的人，旁边有两个妇女在问："这个人的住处在哪里？"达彭和才让过去一看，见是拉巴，就把他领回了旅店。他们扶着拉巴躺下后，拉巴流着口水说："人生苦短，要及时享乐。"之后，他又看着才让骂道，"你有胆量来啊！"他试图起身却没能站起来，达彭心想：我是看在他年迈父母的面子上才带他来跟骡的，不成想他却是个嗜酒、不知上进的龌龊之人，这该如何是好呢？这让他担心得没能睡着。第二天早上，拉巴一醒来就跟达彭和才让说："有没有看见我的那个小皮包？"达彭和才让说没看见，听到回答后，拉巴笑了笑说："算了吧，丢一百五十块钱的这种小意外是免不了的。"达彭气愤地骂道："你好酒贪杯不说还丢钱，有何脸面面对你年迈的父母？"拉巴无动于衷。

　　他们从下司马镇出发，走了一段路程，来到曲北塘。山谷间流淌着一条河，河彼岸是防卫关卡和禁卫士兵的住处。河另一岸的路角立着五根挂有飞幡的大旗，旗子随风飘扬。从这里过往的所有乘马者都有一个习俗，他们都会从坐骑上下来，领着马过去，过了这个乡镇就到边界的关口了。山界处有一座延伸的高围墙，中间敞开的大门两侧站着两三个士兵，他们头戴印度黄色毡帽，身穿土灰色氆氇长袍和藏式靴子，手里拿着英式机关枪。他们在搜查从大门经过的所有马夫、骡夫的行囊。他们将从包裹中搜到的牲畜皮、麝香、金银质的东西，还有藏币白章尕一两、五钱、三两钱都没收了。达彭一到门口，马上从口袋里拿出西县长盖着章子的纸交给了士兵，士兵一看，不仅没搜查他们，还让他们即刻出关了。他们出关口后顺着一条沙路走了好久，才走到了一座木桥上。他们一过桥，眼前便是一处大山包围的山沟，山沟里坐落着大小房屋集聚一方、有着细长弯曲且狭窄小径的村庄。这个庄子被称为亚东仁欠岗，这里有很多不丹商人。三个驴夫向则里拉走去，他们发现森林渐渐变得稀疏，地势也变得较高起来，最后成了林区。这个地方的房子是由木、土、石等混杂起来盖的。他们三人同其他旅客一起住进了一间大房子。住在这里后，食物可以从右边的大灶房里拿，马骡的草料都要逼称，连饲料玉蜀黍都要逼量。

下午，太阳快要落山时，旅店里的人多了起来，喧闹声也越来越大。黄昏时分，旅店变得更热闹了。来往的旅客中有唱康曲、弹吉他、跳舞的人，这些声音直到半夜还不见停息，像极了鬼鸟群集鸣叫的样子。他们晚上虽没睡好但早上还是早早启程了，他们翻越了则里拉这个需翻越三四个高低不同坡路的山坡，这个山坡不同于藏地的山坡，也不怎么费劲。站在山顶远望，亚东地区的山群被茂密的森林覆盖，弥漫了一层薄雾，像给湛蓝的天空披上了一层白纱。

　　山顶上长满了桦树，往下有一条狭长的路，对面的两座山脚下是郁郁葱葱的森林，山顶的那条急流似一根白线拉向了远方。经过陡峭的横路时，有一种怕得连身上的汗毛都要竖起来的感觉。就在这条横路上，达彭的驮骡和亚东人的驮骡正面相撞，亚东人野马般的两匹驮骡似奋勇向敌的勇士般冲了过来，后面的三组骡头微倾向山壁，紧跟着，那个领头骡直冲而来。西县长的骡不得不向陡坡靠过去，达彭惊讶万分："我还以为我们的骡子挺倔呢！今天可算见识到更厉害的了，哦呦呦！"他待在那里看，狭长的山路上，骡子们各走各路，达彭心中的担子才放下来，长吁了一口气。那晚，他们在旅店与其他熟悉的骡夫聊天，才知晓亚东人的驮骡过山路时勇猛熟练的原因。事实上，大部分有能力的亚东人都有属于自己的一两组骡，经常跑噶伦堡至帕里，还有岗多至帕里的路线，赚取运费为生。他们的驮骡和骡夫对印度的路线了如指掌，而只跑过藏地的骡夫达彭，哪儿能和他们相提并论呢？

　　翌日一早，他们来到了荣浪河边，又赶了好长一段路，路的两侧是茂密的森林，林中有很多猴子窜来窜去，还有毛色万千的鸟儿落在枝头歌唱。一路上有他们看不尽、听不完的美景和鸟鸣。路上的每一处关口都有卖甜茶、酒水、饭食的小馆子。每到一处，拉巴只顾吃喝玩乐，达彭提醒他说："倘若再不节俭点儿，你的钱连路上都不够用。"拉巴回答说："这么辛苦工作，还不是为了填饱肚子啊！连饭都要节约？那我岂不是自讨苦吃吗？"达彭生气地看着他说："你的想法太龌龊了，只想着自己，不考虑父母及兄妹的处境！"听到这些，拉巴一笑了之，没说什么。他们三人沉默不语，只顾赶路。

太阳快落山时，他们抵达了宗塔邦，百户人家组成的这个村庄坐落在一山脚处。他们从庄子周边经过时，见院子四面立着四根细柱子，柱子上挂着一个大木箱，木箱前竖立的窄竹梯上有家禽爬上爬下。达彭心想：巢挂这么高，可见这个地方狼狗和蛇的危害之大。他们下了坡后马上翻越了另外一个大坡，这才抵达了比东。这个地方有个印度关口，守军只对去往藏地的人进行严厉搜查，对去印度的人搜查得并不是很严。

达彭他们进入关口，到了阿壤噶壤镇。他们正从集市上赶着骡经过，突然随着"轰隆隆"的声响，开过来一个蓝白相间、威武雄壮、大铁架下有四个大轮子的东西。骡子受了惊吓东跑西窜，三个骡夫汗流浃背、气喘吁吁地继续赶着骡前进，晚上才赶到噶伦堡。

三个骡夫从未见过如此热闹的地方——城市中心的街道一尘不染，街上车水马龙。达彭看到这个壮大有力的铁架，忽然想到昨天骡子受惊吓的情景，便打了一身寒战。他再次仔细地打量了一番，见铁架的四面都装有玻璃窗，坐在里面的人悠然自得，四个轮子翻滚着前进，遇到拐弯处左摇右晃，不由得说道："真奇怪，这个东西真是太奇怪了！"一旁的才让也说："这么大一个东西居然从街道上跑过来了，我的妈呀！"

新鲜的东西吸引着他们三人，他们连晚上的货也没能上交。他们在这个陌生的城市左顾右盼，碰巧遇到了一个身着藏服的人，达彭急忙跑过去说："阿觉，我们第一次来这座城市，你知道客栈在哪里吗？"那人思索了一会儿，说："你们跟我来吧！"他把三个骡夫带到了多赛麦里吉并帮忙找了住处，然后跟达彭说："我也住在这里，明后天如果有什么事，尽管跟我说。"达彭回道："阿觉，谢谢你！"说完后，那个人便离开了。

他们在客栈买了些草料，卸货喂骡的时候天也黑了。这里夜晚的房间跟白天一样明亮。达彭瞪大了眼睛四处瞎看。拉巴小声对他："阿觉！吃饭。你这样瞎子见了佛似的，会惹人笑话的。"达彭这才拿起碗吃了饭。那晚，三个骡夫睡得太沉都忘了给骡喂夜间的草料。第二天一早，达彭起床去找阿觉，阿觉看了发货单说："这货要在商人果冉蒙的家门旁点交，你们装上货跟我来。"他带他们来到一扇大门前，让骡夫们在门外等候，自己进屋去了。

过了一会儿，他和一位印度人走了出来。根据发货单将羊毛清点计算完后，那个印度人跟阿觉用印度语说了些什么，阿觉跟达彭说："他让你们把这些羊毛运到屋里。"他们按要求将羊毛运去了里屋，里屋门旁的二十几个工人将羊毛捆子解开，进行筛选、洗涤、晒干。大房子中央的大机械将棉花般洁白的羊毛进行压缩再装入尕窝，还把五六百斤的羊毛捆子用粗麻布包起来，再用铁箍绑实。

他们交完货回到住处，大木房周围的污泥中有几头肥胖的大耳朵猪懒散地睡在那儿，一些不安分的老山羊在翻弄旅客的食物袋。晚上，所有的旅客都聚集在大木房，有人在裹着黄铜皮的酒壶里放一根空心细竹从竹口吸酒，有人在吃米饭配豌豆菜，有人在聊买卖的事，还有人在用算盘计算东西。一大早，旅店里来了个头缠白布、头顶铁盆的印度人。他来到旅店门口拿出各种饼子，执意让旅客们买。拉巴摸了摸口袋，没摸出一分钱，达彭知道他没钱，买了几个饼子。他把帮他们的那位阿觉也叫过来一起吃早饭，阿觉说："我在这儿等买布匹的证件已经两个多月了。"达彭问："买布匹还需要证件吗？"阿觉叹着气说："这个地方是专为运往藏地的布匹设立的批发市场，价格比别的市场优惠好多。但证件根据'意思'的多少来发放，所以一点儿也不公正。我们今天去集市上逛逛吧。"吃完早饭，他们三人跟着阿觉一起去了噶伦堡的集市。

这个城镇有上下两条路，路的两旁建有四五层高的水泥房和木房，上下楼宇间的楼梯上有很多过路人。商店里都是运往藏地的商品，门牌上标明了藏印对照的商牌名。阿觉把他们带到一个水泥大房子里说："这就是我刚跟你们说的布匹店，二楼是办证的地方。"他指着一个写着字的牌子，解释说，"这些是决定要发证件的名单。"

角落的大架子上铺着一块方形白布，有个噶言正写着字。他身侧放有各种布匹，四个藏族商人把布匹绑成捆子再套上粗麻布缝好，由两个印度人用铁箍固定。一个工人在往外搬布匹，一部分商人在往里走，他们在看木牌上有没有自己的姓名。

他们在集市闲逛的时候，听到商店里有人在吆喝："阿觉，需要什么东西，来这里看！"达彭看过去，发现是一个印度人，对他能说出一口流利标准的藏语感到惊讶。阿觉说："这有啥可惊讶的，噶伦堡的大部分印度商人都会说一些常用藏语。"他们继续往前走，不管是商店里的商人还是街道上的行人，都身材高大、皮肤黝黑、鼻梁高挺、双眼圆大。他们中的有些人头缠黄布，有些则戴着圆帽，上衣领口又低又长，下身缠个白薄布，布头从大腿中间拉上来绑在背上，脚穿一双低腰薄皮鞋。妇女们将头发中分到额头，眉间涂红点，细长睫毛下的眼皮上画着黑线，耳垂和鼻梁上都穿了洞戴着配饰。全身缠着黄、花、白纱布，手臂戴细手镯，脚上戴较粗的环状饰品，她们用纱布遮着脸。还有一些干苦工的人好像是不丹的巴利族，头上缠着花布，上身的白长衣垂放到似鼠尾般细长的裤子上，白色的长衣上套一件无袖的短马甲。这一类人在靠噶伦堡的藏族商人谋生，他们靠制作木箱、打马骡的铁蹄、给骡夫卖草料、手工缝纫各种东西、用自行车拉噶伦堡至岗多的货养家糊口。

逛完热闹的集市，阿觉带他们去爬哆邦山，远处是绿茵茵的层层梯田，中间茂密的丛林处有漆成白色的高墙，建筑四周围着的铁撑架被漆得光彩夺目，外面种的短小树木围墙似的将铁架环绕起来。似鹦鹉张开翅膀般的草地上绽放着五颜六色的花朵，花草间有人在造水池。三个骡夫见如此美丽的景色，心想：所谓的仙界也不过如此吧？他们一时陶醉在如画般的美景中竟忘了回去，阿觉开玩笑道："对只在藏地运货并第一次到印度的骡夫来说都是这样，但凡你住上几日便只想早点儿回到家乡，几乎没有人想待在这里。"达彭心想：是啊！不早点儿回去哪行啊！他对阿觉说："阿觉，您是个好心人，帮了我们这么多，您就送佛送到家，再帮帮我们！"阿觉明白达彭的意思，便笑着说："兄弟不必担心，我们旅店里有需要驮骡的商人，我可以跟他们说。"听到这话，达彭放下心来。

晚上回到旅店后，阿觉就给达彭介绍了商人。第二天早上，商人带达彭去见印度商人卡迭布、尕澈等。他们清点商品、写发货单用了半天的时间。下午，达彭和才让用各自剩下的钱每人买了一捆卷丝线和一捆煤油。晚上，达彭特地摆了一桌小宴席，叫阿觉到旅店，用上好的酒和肉包子招待，略表感激之情。达彭再三道谢："承蒙阿觉热心帮助，我们才这么顺利，真的很感谢您。"阿觉开玩笑说："以后到了帕里，要劳烦西县长帮点儿小忙，到那时兄弟可别装不认识啊！"达彭说："阿觉，请您一定给西县长写封书信，我会帮你交到西县长手里。"阿觉说："这样也好，我明天就将书信交给你们。那你们准备行李，我走了。"三个骡夫站起身来送他出门，然后开始准备行装，达彭将一些送人的礼物单另包起来。

第二天天刚亮，他们就开始搭载货物，将骡子一一从拴绳上放开，就在他们正要出旅店大门的时候，阿觉拿着书信走过来，达彭接过阿觉手中的信装进了口袋。他抬起头说："阿觉，请保重！"阿觉回道："我会祝你们路上一切顺利！请慢走。"三个骡夫伴着曙光从噶伦堡出发了。他们在绒百待了一晚，然后继续赶路走到了一个印度关口，过关口需进行搜身检查，三个骡夫在那儿耽搁了一个中午。他们从关口出发过了一座桥，又从那些锡金士兵面前经过，他们头戴钢盔，身穿红色毛呢大衣，下身缠花布，脚穿铁钉钉牢鞋底的皮鞋。走着走着，在太阳落山之际到了锡金的首都甘托克。翌日，他们从甘托克出发。达彭远眺了一下，锡金坐落在两座大山上，较低的一座山上建造了锡金国王那宏伟壮观的王宫，另一座较高的山顶上坐落着一个美丽的大寺院，左右两边的山坡上聚集着很多户人家，山下的一处平原上排列着商店、银行、电报局、饭馆。三个骡夫赶着骡从头戴钢盔、身穿大长袍的锡金人和鼻梁高挺、身板瘦弱的印度人，还有巴利族等聚集的街道中间横穿而过。那晚，他们抵达邦多马力，那儿有印度和锡金的百号边防军，但他们只是略查行人。到达邦多马力的那晚，三个骡夫才感受到了一丝凉意。他们来到四周环山、中间有碧色湖泊、周围坐落着村庄、建造着英国大房子被称为措果的地方。他们又从措果出发走了好久才到纳梯立山顶，山顶长着疏疏落落的桦树，寒风袭来，有一种泼了一身凉水的冷意。从山顶朝北远望，帕里和亚东地区的群山尽收眼底。那晚，三个骡夫在曲巴过夜。第二天，他们从纳梯立山顶往下走了好久才到下亚东噶举寺。他们在寺院附近打尖休息，达彭喝了一碗茶即刻前去朝拜，他磕完头，将一个五元印度纸钱放在曼陀罗上，合掌祈祷已故父亲能生在极乐净土。

走在下亚东一条狭窄的道路上，三个骡夫满心欢喜，连步调都轻快了不少，拉巴哼起的长调像是在为达彭和才让的思念哀歌伴奏。他们走在弯曲、狭窄的道路上，两侧的森林变得越来越稀疏，寒风吹得他们直流鼻涕，跑在前头的那些骡子耳尖和脖子上的毛也竖了起来，嘴里呼着白汽。达彭回想几天前在印度那些地方看到的情景，有一种似在几年前发生的感觉，想到雪山环绕的家乡岗柔有慈祥的母亲和可爱的妹妹，还有已故的父亲，心中涌起了一股凉凉的悲伤，又想到自己从驴夫变成骡夫第一次运货到印度这么顺利，感到很高兴。悲喜交加的情绪在达彭心头汹涌，一时无法平息下来。他们走了一会儿，到了绰莫长寿五姊妹前，从这里能望见帕里庄子每户人家房顶上空的袅袅炊烟。晚霞照射在大地上，三个骡夫加快脚步赶往帕里。

到达帕里后，达彭马上找原主交货，又去县上见少爷，碰巧少年正在卧室玩牌。于是，他先去看望了少夫人，达彭将一个精致的手提皮包放在少夫人面前，包里装着新式玻璃镜子、护肤品、粉底、睫毛膏、香水、红胭脂等。少夫人乐呵呵地将包打开，仔细看着那些东西说："你怎么会想到买这么多东西的？"又问，"这些都花了多少钱？"达彭回话："少夫人！这些是我的一点儿心意，您不用给我钱。"少夫人高兴地说："好好好！有良心的人派去哪里都能干，太好了！"达彭说："少夫人，我得回去了。"达彭行礼道别时，少夫人说："好的！以后有什么请求，只管跟我说啊！"达彭戴好帽子从少夫人的房间出来直接去了阿觉欧色的房间。欧色一见到达彭立刻激动地说："呀！兄弟这么快就赶回来了啊！一路上顺利吗？"问完便即刻唤家奴倒茶。达彭说："这虽是第一次去印度，但承蒙三宝保佑，一路上非常顺利。"一个家奴给达彭倒了碗茶，欧色喜笑颜开地说："像我们帕里县的达彭这样的青年骡夫，去印度肯定扰了印度美女的美梦吧？哈哈哈！"达彭低下头吐了吐舌头，欧色又说，"兄弟，你不只是一个跟骡的骡夫，你也到了为自己的终身大事考虑的时候了。"达彭回道："阿觉欧色，您凡事都为我考虑的恩情我会永远铭记于心，这双高腰皮靴略表我的心意，望你一定收下。"他恭敬地献上皮靴，阿觉欧色非常乐意地穿上了，他说："刚好，这鞋穿着好舒服啊！谢谢兄弟！"达彭起身准备回去，欧色说道："兄弟为何这么急，稍坐会儿嘛！"达彭回道："我还得马上去见少爷，得先回去了。"他走出欧色的屋子，经过走廊，上台阶走向少爷的房间。他听见少爷在里面叫了一声"旺"，他走进去，见三个玩伴正在给少爷计算钱。少爷见到达彭，呵呵地说："呀！我们的骡夫从印度赶回来了，可真快啊！"达彭回话："我一到就来给少爷请安，请让我在明天早上给您详细汇报这次的工作。"少爷："行！明早直接到县上，到时候再说。"少爷从一堆百元钞中拿了一张递给达彭说："用这钱买点儿好酒今晚喝。"达彭恭恭敬敬地用双手接过钱说："多谢少爷！"之后便回去了。

　　回到旅店，达彭说："盎店长，给我们来一扁罐好酒。"说完这句话，才让睁着一双大眼睛看着达彭的脸，拉巴咽了咽口水，也看着达彭："今晚可以品尝到家乡的青稞美酒喽！"达彭说："咱今晚喝了这罐酒睡个好觉，明天要早点儿赶着骡去县府见少爷。我们明早早点儿起来给骡刷毛整理一下，好让少爷看着舒服，我们也少些责怪。"拉巴答应道："好的，阿觉，明天由我来刷毛。"他们正说的时候，店主拿来一扁罐醇香的青稞酒。拉巴起身往每个人的碗里倒了些，清凉醇香的青稞酒似融化的酥油,达彭拿起酒碗说:"呀！得三宝护佑,我们这一路才如此顺利,这碗先干为敬。"说完,他们每人干了一杯,拉巴再次给每人倒了一碗酒。达彭站起来走到货捆旁,把丝线捆子拆开,将八个线驮子叠成五层,又把一捆煤油放到了一边,达彭正忙活的时候,拉巴的脸色已变红,才让喊达彭:"阿觉达彭,先喝酒,那些我可以帮你弄。"达彭回到座位上继续喝起来。整个晚上,三个骡夫在油灯下高高兴兴地喝着酒、聊着天。

第二天天蒙蒙亮达彭就醒了,他叫醒两个伙伴,说:"你们俩起来后先给骡喂水和饲料,再好好刷毛整理一下,我得出去一趟。"达彭背着丝线和煤油出门了。旅店左右的房间里点着油灯,时不时传来旅客的谈话声。达彭朝不远处传来的铁铃声方向看去,灰色的道路上有黑乎乎的驮骡在走动。达彭迈着急促的步伐往前走,走进右边旅店的大门时,碰巧有几个骡夫正在吃饭,其中一个骡夫对他说:"哦！西县长的骡夫达彭来了啊！快进来！"达彭一看,见是邦达家的骡夫热尕,于是走到他身边问:"阿觉热尕,你这是要去哪里啊？"骡夫热尕回答:"我要去拉萨,你有啥事吗？"达彭说:"我想寄点儿东西,你能帮我带上吗？"热尕问:"你要寄什么东西？我帮你带上。来,先喝碗茶。"热尕将碗递给达彭,达彭坐到热尕旁边,喝着茶说:"阿觉热尕,我寄一点儿丝线和煤油,请你把丝线送到我们寝殿下面那家酒馆的女儿华宗手里,把煤油交给康马店主,让她务必想办法寄到我家里。"说完，阿觉热尕问："那个酒馆家的年轻姑娘是你妻子吗？如果是那就好，我定将东西交到她手里。你说的康马店主是不是老桃树旁的那位老店主？"达彭回道："就是她。"热尕再次递过碗说："那好，我定将东西交到！来，喝茶！"达彭将东西安排妥当后，待了一会儿，得知他们的饲料不够用，便说："阿觉热尕，如果你们的饲料不够用，可以先用我在康马店主那里存放的三克。"热尕回道："那太好了，三克饲料够我们用到曲水了，等到了曲水，这事儿就好办了。"他们正说着的时候，达彭朝窗外看了看，天完全亮了，于是他急匆匆地与阿觉热尕道别，回到了住处。

太阳快要升起来了，帕里县的三个骡夫赶着毛发光亮的三组骡队朝帕里城的大门走去。他们从旅店出来的时候，达彭交给店主七块钱说："不用找了！"店主乐呵呵地向他道谢。他们走进县城的院子，卸去骡背上的鞍垫，正往拴绳上拴骡，少爷、少夫人、阿觉欧色等人站在走廊上。少爷笑呵呵地说："好！你们把骡照看得非常好。欧色，你看那边的那匹灰骡，买过来的时候不是干巴巴像个生病的吗？"阿觉欧色朝少爷指的地方看去，并说："哎呀，少爷真是好记性！正如您所说，当时我还特地叫随从到一边问话了呢，可随从说：'这头骡是个好品种，现在看着虽干巴巴的，但日后如果好好照看，肯定能变成一匹上等的骡子。'他说得还真对！"少爷在走廊里大声地说："骡夫们，现在马上来一趟！"说完，他经走廊回到了楼上的房间。他们三人听到少爷的命令立刻行礼，套上袖子径直向楼上走去。少爷说："骡夫们可真快啊！欧色，给骡夫才让和拉巴各加一百两银子。达彭，你给欧色交完账，到我这里来一下！"说完，三个骡夫行礼走出了屋。

他们下了阶梯走向阿觉欧色的住处，他们坐到地毯上后，达彭将运费一个子儿不漏地点交完毕。阿觉欧色清点完运费，先给每人发了自己应得的那份儿钱，再拿出两百块钱发给他们说："这是少爷奖励你们照看骡子周到，工作也努力认真。"说完，才让和拉巴站起来伸手接过两百块钱并道谢。阿觉欧色说："你们俩可以先回去了。"于是，他们俩走出了阿觉欧色的住处。阿觉欧色和达彭坐着聊天的时候，院子里传来坐骑脖子上的铁铃声，他们见东县长直接向少爷的房间走去。午饭时间左右，阿觉欧色和达彭还沉浸在交谈中，一个家奴走进来对欧色说："少爷请您过去。"欧色即刻起身说："达彭兄弟，快跟我来！"他们俩快步走去，一进门，见少爷拿着根烟走来走去，表情很严肃。他们不知所措，面面相觑。少爷说："坐吧！"他们便坐在了地毯上。少爷说："刚刚东县长来找我了，这个坏东西说了好多鬼话，说我跟康巴商人打麻将，说我从远地召集舞姬唱歌、跳舞，还说我买驮骡运货赚钱。唉，这个坏蛋说像我这种人是西藏地方政府的败类，还恐吓我。如果我在拉萨谁会管我，如果不把这个爱多管闲事的人除掉，恐怕不会有好日子过了。"他急躁地来回走动，阿觉欧色这才明白少爷生气的原因，便说："少爷，您不必这般动怒，东西县长的权利和地位都相当，谁也管不了谁；话又说回来，东西两个县长的背景和后台是无法相提并论的，您跟一个老人较什么劲儿呢？再说东县长明年就该退休了，到时候还不是您想干吗干吗吗？"听欧色这么一说，怒气冲天的少爷的心情像凉水熄灭了火焰般平息下来。

少爷面向他们坐在了垫子上，阿觉欧色又说，"回禀少爷，我们的骡夫达彭这次去印度运货不仅赚到了很好的利润，而且对日后做买卖方面也有很好的建议，他还见过很多我们未曾见过的新鲜世面，您不妨听听。"少爷看着达彭的脸说："你很能干，工作也很出色。欧色，给达彭两百两银子，再赏他满意的茶、酥油、粮食……"达彭即刻起身道："谢谢少爷恩赐！"达彭行完礼后，少爷笑呵呵地问："印度的买卖情况怎么样？"达彭将贴水差价的买卖和布匹买卖利润高的情况告诉了少爷，还将这次在嘎伦堡萍水相逢商人阿觉及他出手相助的事情等一一道来，少爷不停地点头。过了一会儿，少爷开玩笑说："这么聪明能干的人派去印度的时候，我还担心他倾心于印度美女，不肯回来呢！"达彭说："我以吉祥天母之意起誓，别说是倾心，就连美女的脸都没好好看过！"说完，少爷笑得眼泪都出来了，他说："哎呀呀，这样一个似戒僧般的骡夫除了我们西县可再也找不着了，欧色，你觉得呢？"欧色回道："您说对了，达彭兄弟从岗柔来的时候就好像已经剃度为僧了。"他说着看向达彭，少爷笑得合不拢嘴，达彭则放低了声音说："少爷，如果一个四处奔波的骡夫能守住僧人的戒律，那一只绵羊也可以驮货去印度和汉地了吧？"少爷和欧色看着达彭的脸再次笑起来，少爷说："话问不来等得来，我觉得我们的这个骡夫是个男子汉，这样的人配得上男子汉这个名称，如此，又有哪个女人不仰慕男子汉呢？"阿觉欧色说："少爷平时与西藏地方政府官员和黎民百姓联系密切，可真是见多识广啊！您的细心和体恤得很多家奴的仰慕呢！兄弟，你要好好忠于我们少爷，如果有什么要求，他肯定会放在心上的，因为我们的少爷是一个心胸宽广、正直的人。他也喜欢偶尔开个玩笑逗大家。"说完，少爷看着达彭说："你是个不错的人，继续努力。"主仆三个聊着聊着竟忘了吃午饭。少爷的午饭吃得很晚，达彭在阿觉欧色那里吃了午饭。达彭从袋子里拿出一双皮鞋说："阿觉欧色，请把这个送给少爷，这是我的一点儿心意。"阿觉欧色回道："好的，我会替你交给少爷。"吃完午饭，达彭回到了住处。达彭和才让计算这次去印度路上的支出到很晚。天都快黑了，还是不见拉巴回来。达彭问："才让，拉巴什么时候出去的？"才让说："我们俩一起到池沼，他说要去撒尿。我等了很久不见他来就自己先回来了。"达彭想了一会儿说："这家伙手里有点儿钱肯定又去酒馆喝酒去了，我俩去找找。"他们从旅店走出来，去酒馆里找。最后，见拉巴在一家酒馆门口躺着，身边还有几条觅食的狗走来走去。于是，他们把拉巴带回旅店睡下。

翌日，达彭温柔地问他昨天发生的事情，拉巴低着头不出声。达彭非常生气，他站起来走到拉巴身边给了他一记狠狠的耳光，说："你这个败类，你今天把话说清楚，如果你不想当骡夫，我可以去跟少爷说。"这时，拉巴泪眼汪汪地说："阿觉您别生气，我发誓以后再也不会干这种事儿了。"才让也求情道："阿觉，您就给他一次机会，先别跟少爷说。拉巴，你也要吸取教训。"达彭对拉巴说："你今天待在这里不许出去，把绳子和鞍垫都准备好。才让，我们俩去县上。"说完，他们出门去了。

他们去县城见到了阿觉欧色，阿觉欧色说："少爷命你先运一趟到噶伦堡的货，再从噶伦堡运一趟到拉萨的长途货，今天拿羊毛捆子，明天出发可好？"达彭说："好的，就这么办。"

他们在店主那里拿了货，店主给三个骡夫煮了在路上吃的羊肉疙瘩，还捏了酪糕。第二天一早，他们搭载货物，从帕里出发了。他们路经纳梯立，正巧是亚东朗玛塘割草的时候，青年男女穿着五颜六色的缎子，与田野中的绿茵相称，有种不一样的韵味。灿烂的阳光照射着大地，像天上的彩虹掉在了地上。他们赶了两天的路到了纳梯立山顶，山顶下起了雨夹雪，给人一种在云端的感觉。他们翻山过河，用了四天的时间抵达了噶伦堡。

他们一到噶伦堡立刻将羊毛捆子清点交货，然后回到旅店。达彭问店主："阿觉在吗？"店主回："哪个阿觉？"达彭说："上次，我们住这里的时候来我们住处的那位？"店主想了一会儿说："哦对了，阿觉昂杰呀？他离开已有几天了。"达彭一脸遗憾的表情，喝着茶没有再说话。店主说："你们今晚如果没有米和菜，我可以给你们，明天到集市买会便宜一点儿。"达彭向店主道谢。

第二天，三个骡夫去了噶伦堡集市，集市上有各种各样的日常用品，还有来自四面八方的农民。他们把自己种的菜拿到街上卖，长摊子上应有尽有，达彭买了一些粮食和蔬菜。一部分农民在集市下游做黄牛、猪、山羊的买卖，集市上有讲经的印度人，有用手势交流的黄头发、蓝眼睛的英国人，还有唱歌、摆书摊、解说画的人。他们走到一家商店门口，里面的印度商人吆喝道："阿觉，请进来看需要什么？"他们三人进商店看了看布匹，商人马上取出很多色彩不一的布匹放到他们面前说："买这一种,这种特别好！"他们买了一些用来做女士衬衣的红布匹，看见店里还摆着美国军服、短上衣、皮鞋、各种丝线等。

他们从商店出来走到街上，见很多穿军服短衣的人走在街上，他们的衣服宽大，像小孩穿大人衣服的样子。他们还去了三四家商店，老板问了他们好几个藏族商人的名字，他们都说不认识。达彭问商人赫然老板商人的住处，商人即刻回答说："藏族商人大部分都住在贡巴格致、呷西格致、阿曲格致等地。"

他们马上去了藏族商人的住处。格致仓库里有很多运往藏地的东西，达彭拿了三十捆美国丝线和一些毛呢哔叽的捆子，他要求运费比市价优惠一些，商家也答应并写了发货单，还说好次日一早计算货物。他们将长途货的事情办妥后，买了一些琐碎物品回到了旅店。达彭出发前听说噶伦堡的羊毛捆子正在降价，心想：回去后要第一时间告知少爷，他肯定感兴趣。他们以最快的速度赶路，八天的时间就到了帕里。达彭将货交给他们俩后直接去见西县长，少爷见他回来，说："你来得正好，我得尽快去趟拉萨，没出发前准备好好聚一下，你们三个明天早点儿到这儿。"达彭心想：现在跟少爷说噶伦堡羊毛降价的事，他肯定听不进去。所以，回了句"拉索"，便回去了。

第二天一早天还没亮，达彭就带着才让和拉巴到县上去。寝殿请了帕里的两个厨师和几个手下，正在准备食物。达彭他们在灶房吃早饭的时候，侍寝官达吉过来说："你们吃完了就去劈柴打水。"达彭回道："好嘞！"午饭时间，寝殿来了商人邦达、萨德、措巴、蕃洽加若等的头人，还有帕里地区的一些贵族等二十多个客人。达吉管家将客人们迎到楼上。少爷见哇霍、哲康、霍哲等没到，便命达吉即刻去请。过了一会儿，达吉回来说："禀少爷，哇霍公务繁忙没空过来，其他两位马上就到。"

客人们在少爷的吉祥喜溢正厅里喝茶吃饭，少爷笑呵呵地说："请大家务必吃好喝好，我来县上当职以来承蒙诸位朋友支持与帮助,去拉萨之前为了感谢在座的各位,摆个小小的庆祝会,望大家能够玩得开心愉快!"坐在旁边的贵族旺秀说:"我们西县长年少有智,细心周到,公务方面从来没有差池,帕里县上任过很多县长,但从未遇到过像您这样的好县长,这次虽要回拉萨,但尽快回到帕里是我们税官最大的愿望。"话音未落,邦达商人接着说:"西县长到拉萨后一定要去一趟我们邦达府,我已向我们少爷禀明您在帕里对我们邦达商人及骡夫们的关照,我们少爷可以在拉萨向您表达感激之情。"在座的客人对少爷的夸赞奉承一波接着一波。午饭前,少爷坐在垫子右边聊天。午饭后,他们开始玩麻将、牌、骰子等游戏,来客都深陷其中无法自拔。较年长的客人则被请到少爷的房间进行交谈,家奴们为客人们倒茶水倒酒、摆食物。

黑夜的帘子已将天空遮住,西县府窗户里的灯光仍然照在道路上。他们在吉祥喜溢正厅里唱歌、跳舞。少爷将帕里的米酒、印度的威士忌、让木等倒入长柄碗一次次地敬给客人,满屋子都是谈话声和说笑声。达彭他们把灶房的活儿都干完了,他们从窗外看客人们唱歌跳舞的样子。半夜送走客人后,少爷的院子显得格外清静。

庆祝日的第二天早上,帕里的阿索塔让和他的一个朋友及三个妇女,还有几个康巴人和部分帕里人来到西县长的院子里,达吉管家将他们领去灶房吃早饭。午饭时间,客人们都到齐了。

少爷弹瑶琴，阿索塔让弹奏弦子，三个妇女负责唱歌。来客们边欣赏轻奏慢歌的朗玛歌曲边享受美酒，纷纷议论道："说西县长会七十二般武艺还真不是吹的，你看！他弹奏的瑶琴别说是帕里，就连拉萨也没有几个。""说的是！西县长跳起舞来，那叫一个精彩呢！"少爷和阿索塔让两人合作的乐曲伴奏，配上三个妇女优美的歌声和夺目的舞姿，将所有客人的目光都吸引来了。

太阳落山了，吉祥喜溢的正厅玻璃窗里传来清脆嘹亮且婉转动听的男高音，他唱起的《嘎拉旺布传记》连院子里劈柴的达彭都竖起耳朵听起来。达彭放下手头的活跑去吉祥喜溢的正厅门旁，掀起门帘一看，见唱自传的不是别人而是少爷，他睁大眼睛愣在那里，看着少爷渐渐变成一幅画。少爷唱完自传，旁边的两个家奴为他倒上了美酒，在座的来客都竖起了大拇指。

达彭头一次见到这么开心热闹的一幕，印象深刻。他心想：世上再没有比咱们少爷更厉害的人了。达彭慢慢地回到灶房，见达吉在那儿喝酒。达吉见达彭过来，便说："达彭啊，来，喝酒！"他将酒碗递给达彭，达彭喝了一碗，说："阿觉达吉，我们少爷唱得真好！"达吉接话道："有一次，我们少爷在拉萨的一个宴席上唱传记，连居木龙的藏戏老师都叫好并赞扬了他。"达彭突然想起了什么，说："阿觉，请给我一壶酒，我的两个伙伴还在劈柴。"达吉喊道："索南卓玛，吉老板娘那里买一壶酒送给院

子里劈柴的人。"又说,"欧喽,先干了这碗!"达彭喝了一碗后,
朝院子里走去。

下午送走客人后,达彭去向少爷说明准备启程的事。他走
进房间行礼道:"禀报少爷,我准备明天出发,不然赶不上交
货时间。"少爷回道:"哎呀呀,明天本想让家奴们聚聚,你后
天出发不行吗?"达彭应道:承蒙少爷记挂,我已经很满足了,
我想明天就出发。"西县长说:"那好,这是一点儿奖赏。"说着
将二十块钱赏给达彭,达彭道谢说:"谢谢少爷赏赐!"他将
二十块钱接过来,"少爷,我还有关于噶伦堡羊毛降价的事要向
您禀报。"少爷回道:"我们拉萨见,到时候再详细说给我听。"
达彭再次行礼,然后走出来,之后又去阿觉欧色那里道别。

第八章　为妹妹招婿

　　远处的铁铃声越来越近，传遍了整个岗柔村，山中小庙般的小村从睡梦中惊醒了。"阿觉达彭回来了！阿觉达彭回来了！"村里的老老少少都在乐呵呵地聊着天。远处的个别人家屋顶上站着的姑娘将手放在额头远眺，村子下游的田野里有放下手里的活向传来铁铃声方向看的人，村子碾场上踢毽子的一群小孩也跑向了铁铃的方向。其中一个八九岁、脸被灰尘和汗水污垢弄得黑黝黝的小孩跑向达彭家，去给吉巴奶奶报喜讯。

　　在灶房聊天的母亲和舅舅听到这个消息，露出了开心的笑容，并说："太好了，孩子到了。"他们同那报喜讯的小孩一起走出屋子，院子里挤奶的妹妹马上去灶房加火。烟囱里升起青烟，炉子上水开了的时候，达彭也到家了。他跟往常一样连一口茶都不喝，解开马褡裢先去了庄园。母亲和面，妹妹打茶，舅舅坐在毯子上跟母亲聊着天等达彭回来。太阳落山之际达彭才回到家，他进屋后坐到毯子上，摘去头上的帽子放在被褥上，并把妹妹倒的茶喝干了。他看向母亲时，母亲眼里满含泪水。舅舅见此，说："孩子，回来就好，你母亲不比以前了，每天都说想你。吉巴，孩子回来了，你是不是放心了？"母亲擦着眼泪笑眯眯地说："我放心了，放心了。"

天黑后，一家四口围坐在一起吃面。这时，舅舅说："欧喽现在真是长成大人了啊！我们如果像孩子们成长般老去，恐怕早已不在人世了吧。吉巴，你到现在还以为达彭是个小孩子吧？"母亲说："在父母眼里孩子永远都是孩子，如今他一出门我就会因太想念而不断做梦。儿啊，这次能不能多待几天呢？"达彭不忍直接回答母亲，看向了舅舅。舅舅说："吉巴，不要让孩子难为情，他怎么会不想待在家里陪母亲呢？但如果不按时交货，他就会受到原主的惩罚。"达彭说："阿妈，我想带您还有舅舅、妹妹去拉萨朝拜。"母亲激动地说："佛祖保佑！"舅舅也十分高兴："我小时候去过一次拉萨，到现在已有三十多年了，拉萨肯定发生了很大的变化吧？"潘多欢喜地说："哥哥真是好福气，如果我是个男娃娃肯定跟着哥哥去了好几回拉萨了吧！"达彭跟他们说了好多关于拉萨、寝殿还有路上的见闻，他们听得碗里的茶都凉了，直到半夜才睡下。

母亲坐到达彭枕边摸着他的头，想起以前将他抱在自己怀里喂奶的情景，笑着说："儿子在我怀里吃奶的时候，我们母子一刻都不用分开，儿子长大后生活虽然变好了，可我想儿想得总是睡不着。"母亲边说边擦着眼泪，达彭抓着母亲老树干似的双手，说了几句安慰母亲的话，可谁知越说越难过，最后两行泪珠像断了线的珠子滴下来。母亲说："如今，你辛苦经营我们这个家生活这才好起来，可母亲特别希望你们兄妹俩能尽早各自成家。这样，我离开这人世间也就没啥可遗憾的了。"达彭思索了半天说："阿妈，我不能陪在您身边照顾您，家里一切的生活重担都由妹妹一人扛，如今潘多已长成大人，我想给她找个好丈夫替她分担家务，我觉得这样很好。""我不是没考虑潘多的婚事，我们岗柔也没个心仪的孩子。"说着，她叹了一口气。达彭劝慰道："母亲请放心，我很久以前就在思量潘多的婚事，也一直在打探路上的一些熟人。康马店主家有个儿子，今年二十二，从外表长相到言行举止都像个不错的当家人，如果母亲觉得不错，我可以去说媒。"母亲没有回话，沉默不语。达彭心急地说，"阿妈，你不满意也没事，我再打听打听。"吉巴说："你看着好那就一定好，可我还是想先给你找个好媳妇儿，再将潘多嫁出去。这样，也符合人之常情。"达彭说："阿妈，潘多外嫁到别人的屋檐下，一生都会受苦。我这辈子就算一个人过，也不会外嫁妹妹。母亲，您一定要答应我这唯一的请求。"达彭认真的样子使母亲的眼睛再次湿润了。她说："好好！我们家虽然不富裕，但得佛祖庇佑，父母兄妹如此心连心也是前世修来的福。一个女人去别人的屋檐下生活是最不容易的事，你妹妹有你这样一个哥哥也是她的福分。"母亲翻弄了一下油灯的灯芯，屋内瞬间变得更亮了。达彭看到母亲老去的面庞，感慨万千：这世上哪有比自己的母亲更亲的人，远行路途中有时被烈日狂晒饥渴难耐，有时遇到狂风暴雨的袭击，但一想到母亲那慈祥的面孔，身体上所受的苦像融化的冰雪一样消失殆尽，有一种无穷的力量促使自己勇敢前进。运货去印度，尽管一路上有花草美景、溪水潺潺、鸟儿歌唱，还有美酒香茶、曼妙歌舞、人间欢乐，但一想起母亲的面庞，仙境般的他乡也比不上有母亲的地方，母亲是自己身体和精神的支柱。如今，见母亲日渐衰老，他内心被利剑刺伤般疼痛难忍。哎，我虽没有陪伴在母亲身边的命，但我要在她健在的时候带她去拉萨朝拜。他在心里斩钉截铁地默默下了决心。他对母亲说："阿妈，我运完这两趟货，一定带我们全家去拉萨朝拜。"母亲："好好！你一定能做到，我有把握一定会去拉萨。"

油灯瓶里的油渐渐耗尽，光线也渐渐暗了下来。黎明的一股寒流从窗户缝中吹来使吉巴打了个寒战，她听到公鸡刺耳的鸣叫声，拉了拉达彭的被子说："孩子，该睡了。"她手拿油灯站起来，迈着一瘸一拐的步伐向自己的睡炕走去。

达彭看着母亲的背影，眼泪禁不住流下来打湿了枕头。外面接二连三响起公鸡的报鸣声，达彭翻来覆去好久，终于睡着了。

早上，阳光照射山顶的时候，潘多端来茶和糌粑放在达彭枕边。达彭睡醒后，她亲切地说："哥，喝茶。"达彭喝了一碗茶准备起床，潘多说："哥，再睡一会儿，还早着呢！"她又倒了一碗茶后就出去了，达彭也立刻起床跟了出去。他见潘多在牛棚里挤奶，便走到她身边，摸了摸牛背上的毛说："真是一头健壮的牛啊！"潘多说："这头牛的牛仔儿也快有小牛仔儿了，小黄牛的草料不够吃，寄放在康马店主家了。"

他们兄妹俩正聊着的时候，屋里的舅舅喊道："达彭，快进来！"达彭听到叫声进屋去了。他坐在地毯上，舅舅递过来一个碗说："孩子，喝茶！你寄回来的煤油到了，六丈在康马换成食油了，家里煤油和食油的用处都极大。"达彭从糌粑袋里舀来一碗糌粑，准备舔糌粑糊，母亲走过来说："孩子，这儿有奶渣，这是用我们自家的牛奶做的。"她拿来一盘奶渣放在达彭面前，达彭将奶渣放入糌粑吃起来。这时，潘多进屋来说："哥，我去草场放牛，顺便把牛粪收拾一下，马上就回来。"达彭拿着碗，看着走出门的妹妹，舅舅望着潘多的背影说："孩子，你妹妹现在也长大了，你今年也二十五了吧？"他边说边看向用皮火筒在炉边吹火的吉巴，吉巴说："对啊，今年是达彭的年灾月难。"舅舅掐指算了算，说："噢，男儿二十五是要注意一下，我去请求嘎千仁波切卜卦问个吉凶可好？"吉巴反复地说："太好了！回来顺便叫上阿佳迥，今天我们在一起好好聚聚，昨天酿的酒也该好了。"舅舅转头对达彭说："孩子，你今天要没啥事就别出去了，我们一起喝酒。"达彭回道："舅舅，我明天必须启程，早上还得去趟拉巴家，下午打算在家准备行李。"舅舅露出遗憾的表情说："你跟驴八年以来，我们一家人从来没有享受地待上一天，也是啊，男子汉大丈夫应该如此！就是苦了你母亲。"他说完后又坐回来，达彭心里似被石头狠狠地砸了一样痛，他们都不再说话，低着头坐在那里。吉巴从屋内走过来给他们倒茶，舅舅假装很开心的样子露出笑容说："孩子，早上有啥事赶紧干完。下午去请阿觉拉高来我们家，咱们聚聚。"达彭立刻起来准备出门，吉巴拿起达彭的碗说："孩子，现在还早，先喝点儿茶再去也不迟啊！"舅舅说："让他早点儿干完，回来咱们好好待会儿。"达彭放下喝剩的茶出门去了，外面吹着凉风，达彭叹了一口气，朝拉巴家走去。

　　舅舅跟往常一样准备去岗柔村附近珍贵的菩提塔转经。这时，吉巴对哥哥说："昨晚我和达彭聊天，孩子想把康马店主家的儿子招为婿，他觉得这样好，达彭没回来之前您跟我说说您的看法。"舅舅听完吉巴的话，眉宇紧凑，思索了一会儿自言自语道："康马店主的儿子……"吉巴说："详情等达彭回来，一问就知道了。""也行！"舅舅搓着手里的佛珠出门了。他走到大门旁，刚好碰到潘多背着一背筐牛粪回来。她问："哥哥在屋里吗？"舅舅回道："他早上出去了，一会儿就回来。"说着便朝远处的菩提塔走去了。

达彭到拉巴家的时候拉巴没在家，达彭询问拉巴的父母拉巴有没有给他们一点儿零用钱，拉巴的父亲说："啥都没给。"达彭心想：拉巴真是个没良心的人，同时对他家里年迈的父母心生怜悯，他啥都没说就从兜里掏出一百两银子送给了拉巴的父母。拉巴的父亲长叹了一口气说："到现在为止，我们两口子从来没有在这个不孝子手里吃过一口糌粑，拿过一分钱。"拉巴的母亲则在一旁哭泣，达彭感到无比心酸，于是又给了他们二老五十两银子。拉巴的父亲抓起达彭的手放在自己头顶再三感谢，达彭安慰了他们几句就离开了。

达彭一到家门旁便听见屋里舅舅、阿佳炯和母亲正在聊天。"我们两家祖祖辈辈到现在都是有福同享有难同当走过来的，尤其达彭父亲去世后，阿佳炯一家人对我们家的热心帮助，我这辈子都会铭记于心，如果两个孩子的终身大事能按喇嘛卜的卦早点儿办，我们做长辈的也就放心了。但是，直到现在我都还没来得及跟孩子提及此事。""这并非孩子不听母亲的话，只是他这样经常外出觉得会苦了阿佳炯您的女儿诺宗。""做女人的都是苦命人啊！昨天我也是这样跟女儿说的，她说，'阿佳吉巴跟自家父母没啥区别，主要在于达彭，他没有空闲待在家里经常外出，不知道他是怎么打算的。'""可怜的诺宗又有什么错呢？"

达彭听到屋里的谈话不敢进去，于是站在门槛外面。他见潘多背着一捆青草往牛棚里走去就急忙跑去帮妹妹卸背上的草，潘多高兴地说："哥哥不用外出真好，你每次出远门，母亲的话就变得越来越少，也很少有笑容。"达彭看着妹妹汗水浸湿的脸说："好样的！哥哥不在的时候，你替哥哥照顾母亲和舅舅，哥哥这辈子只有你这么一个妹妹，再怎么样，哥哥都不会让你的下半辈子受苦受累。"说着便有些哽咽，于是背过身去，潘多双眼含满泪水地说："哥，你只管放心去，家里的事不用担心。走，我们进去！"

她向屋里走去，达彭也跟着妹妹进去了。舅舅和阿佳炯，还有母亲聊着天喝着酒，脸都红了。舅舅叫达彭坐在自己身边，阿佳炯递给达彭一个酒碗，提起酒壶说："干了！"母亲也说："孩子，干一杯！"达彭拿起酒杯喝干，潘多起身给大家又满上了酒。阿佳炯说："达彭，这次能不能在家多待些时日啊？"达彭不忍马上回答便看向了母亲，而母亲又看着他的脸期待着他的回复。达彭耸了耸肩，说："我明天得启程。"他说完后就垂下了头，母亲和阿佳炯面面相觑。舅舅说："孩子这次是顺路回家看看，不怪他，如果不按发货单交货，原主就会扣逾限罚金。潘多，倒酒。"潘多给舅舅、母亲、阿佳炯、达彭他们倒上酒。

过了一会儿，阿佳炯起身说："阿佳吉巴，我该走了。达彭明天什么时候出发？"达彭回道："明天天亮前不出发，恐怕到不了康马。"阿佳炯说："那你们慢坐啊！"说完便走出了门。

母亲去送阿佳炯，妹妹也跟着出去了，房间里只剩舅舅和达彭两个人。"孩子，今天，我们特地请来阿佳炯聊了你的婚事，我认为这家是个好人家，尤其诺宗，是个好姑娘。你母亲也已经卜过卦了，你没走之前将心思说明白吧？这样，我们在家的也能放心。"舅舅说着喝了一口酒，达彭静静地不说话。舅舅又说，"那你运完这趟货去跟少爷请个假，下个月我们选个良辰吉日把婚事办了怎么样？"达彭露出一种特别难为情的表情吞吞吐吐地说："亲爱的舅舅，我一直将您视为自己的亲生父亲。当然，我也很想结婚成家陪在父母身边，这对我来说是最幸福的事，可这样一来，我们这个家以后吃饭的人会越来越多，而生活将会变得越发拮据，这是肯定的，你们说我没福分也罢，我只想努力干活，为这个家，为了舅舅您和母亲，还有妹妹，只要你们过得好一点儿，我也就满足了。昨天我也跟母亲坦白了我的心思，我想先给妹妹找个好夫婿，一来她可以有个帮手，二来也有个人替我孝敬你们二老，我一个在外拉货的骡夫即使娶了媳妇也是苦了人家，家里也只是多了个吃饭的人而已。舅舅您是明事理、懂是非的人，请您一定要好好开导母亲，这是我一直以来想要告诉您的话。"达彭说完后，舅舅沉思了半天，说道：

"好样的孩子！你确实是个有心人，我即使离开人世，有你这样的人在家，我也就放心了。但是，你要知道你现在虽年轻，可总有老去的那么一天，你总不能不考虑你的下半生吧？这件事我不会再干涉，我绝对相信你办事的分寸。你母亲这边由我来说服，欧喽尽管走就是了。"达彭打心底里对舅舅敬仰和感恩，他两膝着地，将头埋在舅舅怀里，抓着舅舅的手想说点儿什么，可哽咽得说不出话来。舅舅摸着达彭的头说："男子汉内心要能装得下苦乐，我也深知欧喽你会变成那样的人。欧喽快起来，让我看看！"舅舅笑呵呵地这样一说，达彭便慢慢站起身抬起头看着舅舅。舅舅开玩笑说："寝殿的骤夫泪眼汪汪的成何体统，你远行路上遇到陡高山，也没掉过一滴泪吧？"达彭露出严肃的神情说："亲爱的舅舅，你把所有的苦难都藏起来自己一人承受，也总教导我要把美好与快乐给予别人，这种难能可贵的教导对我来说是无价之宝……"

他们正这样说的时候，母亲和妹妹走了进来，母亲坐到达彭身边，有点儿生气地说："你明天启程的事情已经决定了吗？怎么不早点儿跟我说呢？"舅舅即刻说："吉巴，欧喽出门前别让他难为情，更何况什么时候出门也由不得他自己。来，先喝酒，今晚再准备行装。潘多，快给达彭倒酒。"母亲也没再说什么，只顾着用袖口擦泪。潘多给母亲递酒碗的时候哼起了歌，母亲见她的样子笑着说："你个疯丫头！"一家四口喝酒、唱歌、聊天，度过了整个晚上。

太阳从山顶升起来的时候，岗柔村聚集着送别三个骡夫的亲戚们。舅舅给达彭和才让，还有拉巴献了哈达并祈祷他们远行路上平安，嘱咐他们要注意安全，阿佳吉巴也给他们敬了酒。之后，又由才让和拉巴的家人为他们献哈达、敬酒。三个骡夫的脖子上系着家人献的哈达，他们干了一杯又一杯酒，然后战士上战场打仗似的随着骡脖上的铁铃声从岗柔村角朝南出发了。舅舅和阿妈吉巴拿着酒壶和酒碗看着三个骡夫的背影，阿佳炯家屋顶上，诺宗站在那儿，看着达彭的背影，心里有种说不出的痛楚。她合掌放在胸前，闭目专心祈祷三个骡夫远行路上一切平安。阿佳吉巴家屋顶上的桑烟袅袅，潘多妹妹面朝煨桑台合掌祈福，愿哥哥远行一路平安并能够早日相聚。太阳的光辉从山顶照向山腰的时候三个骡夫也已走远，远处的山脚遮住了他们的背影，送他们的人也陆续散开，岗柔村又变得像山中小庙一样安静了。

他们在太阳落山时抵达了康马，到旅店安顿完骡子天也黑了。达彭拿着七串圆茶和一对辫尾去问候店主，他一进店主家门便见店主笑眯眯地说："呀，欧喽达彭到了，快坐，坐！"店主让他坐在自己旁边，老板娘即刻为他们摆上了酒和茶。达彭将圆茶和辫尾放在店主面前说："店主，这是我的一点儿心意，请您笑纳。"店主客气道："你每次都带礼物来，以后可不许这样了啊！"他俩聊起了运费和别的买卖。突然，达彭咳了几下，说道："我按舅舅和母亲的嘱咐特地向您求媒来了。"店主严肃地看着达彭，达彭继续说，"想让您的儿子曲达做我妹妹潘多的夫婿。"说完后，店主紧凑的眉宇呈现出八字形，达彭看着店主的表情说："阿觉，我的请求……"店主抬了抬右手，达彭没再继续讲。店主心想：达彭说的是上次从岗柔的吉巴家送牛犊过来的那位姑娘吗？她在我们家住过一晚。第二天，她很早起来准备回去，曲达母亲虽想留她待上几天，可她说家里的母亲和舅舅没人照顾，自己一定要回去。之后，去岗柔送油的时候见吉巴家的大小活儿都是她在干。从各方面看，那姑娘确实是一个品行端正的好孩子。于是，他问达彭："你家里只有一个妹妹吗？"达彭回答说："我就只有这么一个妹妹。"店主眉宇间的皱纹慢慢褪去，并微笑着说："达彭，你说的这些我跟曲达母亲商量商量，主要还得去喇嘛跟前封个卜，所以不能马上给你答复，等你下次回来一定给你准确的答复。"达彭回道："那样也可以。那我去睡了，明天要早点儿启程。"店主说道："欧喽，先干了这杯酒。"达彭将酒一口气喝下后转身走了出去，店主将达彭送到了门外。

　　他们从康马出发，一天半的时间就到了卡若拉，并在山顶的风中撒糌粑祭神。两匹骡子带头随着铁铃声下坡，突然，青草堆下冒出一个身高体壮的人，骡子因惊吓散开了。达彭发觉是小偷，三个骡夫十分警惕地走在各自的骡队前，那个人朝前面的才让大喊了一句："喂，你们是哪里的？"才让吓得溜走了，那人准备去抓骡子却没能抓住，另外的骡子也惊得四散开去。这时，左右突然跑来两个人围攻达彭，达彭抛石头过去，他们没敢靠近，拉巴愤怒地拿着石头反击。三人中的一人准备去赶骡子，其余的两个人则挥动着长刀跑向了达彭和拉巴。就在这时，远处传来两个汉子的怒吼声："堵路拦截抢财的一群不知羞耻的匪徒，快受死吧！"他们四个人看过去时，见两个骑士正向打斗的地方纵马奔驰而来并向两个小偷射击，两个小偷马上退缩了。他们击中了一个小偷的前臂，那个小偷逃走了。赶骡的也不见了踪影，两个骑士来到达彭和拉巴面前，这时才让也到了。

达彭见两个骑士是康巴人，其中一个他似乎在哪儿见过。他思量着看过去时，有个骑士问："嗨，小伙子！你是不是帕里县长的骡夫？"达彭笑着回答："是我。"骑士说："我是才盖，我曾给你们的驴夫东珠付过运费，我们还在帕里住过同一家旅店。"达彭这才想起是商人才盖，便笑呵呵地说："您今天救了我们的命啊！"

他们五人一起下了卡若拉山，住在冉龙，达彭买来半个羊煮好与两个商人一起吃，较年长的商人看着才让说："我们到山腰的时候，这个小伙儿气喘吁吁地跑来，说山上有强盗，都是过路人，我们就赶来了。"又继续说，"本想直接毙了那混蛋，但跟那种怕死逃跑的家伙较劲不是汉子所为，就打断他的手臂让他逃了。"达彭激动地说："今天两位商人不仅救了我们的命，还挽回了寝殿的财产，真是太感谢你们了。"商人色嚓盖勒看着达彭说："两位小伙儿也是汉子，强盗肯定以为你们会丢下行李逃走不反抗，但是你俩毫不退缩地迎面而上，肯定使他们一时不知该如何是好了。"

翌日，他们五人从冉龙出发一同赶路。途中，他们各自介绍了自己的姓名及住处，达彭介绍少爷的时候，两个商人甚是注意。他们就这样赶了好几天的路，抵达了拉萨。三个骡夫在各处点起油灯时抵达了住处。第二天一早，达彭去给少爷请安才知道少爷两天前就到拉萨了。少爷询问路况，达彭将这次在卡若拉遇到强盗，还有两个康巴商人救助的事情详细地告知了少爷。少爷说："这次，如果不是两位商人帮忙，你们恐怕要遇到大麻烦了。你知道他们的住处吗？"达彭说："我知道！"少爷说："那太好了，你赶紧去把他们请到这里。"达彭回道："好嘞！"说完便去请商人了。

达彭把商人色嚓盖勒和他的伙伴请到了寝殿。他们一进寝殿门，少爷便起身说："两位商人请坐！"然后唤家奴给他们倒茶。达彭恭恭敬敬地说："回禀少爷，在卡若拉山顶救助我们的正是他们两位。"少爷笑呵呵地说："真是太感谢两位了。"阿觉色嚓盖勒说："西县长的大名我们早有耳闻，尤其是在帕里地区无人不晓，今天有幸见到您真是太高兴了，再说路上的行人互相帮忙也是应该的。"少爷再三感谢了两个商人，同时高兴地看着达彭说："骡队交给像达彭这样的人，我甚是放心。"达彭红着脸搓了搓脖子，吐了吐舌头。少爷和其他人都笑眯眯地看着达彭，他不知所措地起身给他们倒茶。之后，他们三人开始聊起关于买卖的话题。

达彭走到楼下，见才让和拉巴正在吵嘴，拉巴指着才让骂道："关键时刻，你撒腿跑掉。今天要不是两位商人帮忙，我们怎么向少爷交代？"才让说："拉巴，你少给我贫嘴，你在路上喝醉回不了旅店的事如果让少爷知道了，你早晚会被赶出寝殿。"非常愤怒地起身向才让扑去的拉巴被达彭拦住，达彭说："好了！你们两个先照照自个儿，再来说别人吧！没事干，是吧？快去拿针线把那些破了的鞍垫缝了！"他们仍愤怒地对视着彼此，达彭便大声喊道："现在就去！"他们这才走了出去。

达彭坐下来喝了一碗茶，这才想起阿佳拉泽的礼物和书信，于是起身拿着东西向阿佳拉泽家走去。他到酒馆门口时碰巧阿佳拉泽也在门外，她一见到达彭，便热情地说："哎呀，达彭来了？快请进！请进！"她迎达彭进去，把酒碗放在桌子上，倒上黄灿灿的酒说："达彭，干了！"达彭喝了一碗，拉泽继续问："你什么时候到的？"达彭回答道："我昨天刚到。"达彭把寄来的礼物和书信交给她说："阿觉欧色工作特别忙。"阿佳拉泽接过礼物和书信说："达彭啊，你寄的丝线都到了，正好有三十串，我卖给了编辫尾的人，每串卖了一百五十两银子，总共赚了五千七百两银子，这就给你。"达彭再三感谢后阿佳拉泽又倒酒给达彭，然后朝屋里走去。这时，达彭想起了阿觉欧色第一次带他来这里的情景，如今酒馆的地毯换了新的，门外过道里贴着从未见过的印度美女演员的照片。达彭看着照片的时候阿佳拉泽从屋里走出来，她将面值一百或十块的一叠钱放在达彭面前说："达彭，你点一下！"达彭接过钱说："阿佳拉泽，不用点，我还有点儿事，先告辞。"阿佳拉泽说："在拉萨待几天？没走之前一定到这儿来一趟啊！"她将酒碗递给达彭，达彭干了一碗，把钱装进了口袋里。阿佳拉泽再次提起酒壶准备倒酒的时候，达彭拿开酒碗说："不能再喝了，我还有一些关于阿觉欧色的情况跟华宗说。"阿佳拉泽说："女儿今天去哲蚌寺朝拜了。达彭，如果你能跟华宗说说欧色的事比我说百倍的要好。"达彭再三感谢阿佳拉泽后，走出了酒馆。

　　达彭回到住处见其他两个人都不在，于是头枕着胳膊躺下，想着丝线买卖的事。如今拉萨的丝线虽降价了，但这次不算邮费也赚了不少，能赚到这么好的利润都是靠阿佳拉泽的帮助，他便暗下决心准备好好感谢感谢她。就在他正想着要送她什么才好的时候，他忽然想起从家里带来的羊皮袋油，这时才让和拉巴也从外面回来了，达彭跟他们俩说明了第二天去阿觉色嚓盖勒跟前询问运费的事。

天没亮，他们三人就起床了，忙完喂骡、收拾骡粪等事，太阳也快升起来了。拉巴将缝好的鞍垫叠放在一角，达彭则把那羊皮袋油用一块布包好。吃早饭的时候随从扎巴来到他们的住处，要他们早上去服侍房。达彭对扎巴老人说："阿觉扎巴，里面请，喝碗茶。"扎巴说："不了，我还有事，你们今天按时到服侍房，少爷也要来。"说完便回去了。达彭他们面面相觑，过了一会儿，达彭说："快点儿！吃完早饭就去服侍房。"说罢，他们各自急忙喝了一两碗茶直接去了服侍房。不久，少爷到了。他后面的一个家奴拿着一把机关枪。三个骡夫起身给少爷请安，少爷招手示意他们坐下。少爷仔细端详了三个骡夫，露出非常得意并满足的神情说："很好！你们为防止寝殿的财产不落入他人手里，不惜自己的生命与强盗搏斗。今天服侍房为你们准备了一点儿心意，望你们能开心享受。"之后，少爷看着达彭说，"今天将这把机关枪交给你，你的那把刀交给拉巴。从现在起，你们远行路上也有个不被恶人伤害的保障。"家奴即刻来到面前，少爷说，"你将枪和子弹袋交给达彭并好好教他如何射击，你们今天好好休息，明天早上我再来看看牲畜。"说完，从服侍房走了出去。

少爷一回去，拉巴赶紧接过达彭手里的枪，一副精明能干的样子，他将枪的上档摆弄了一两下，见其没有丝毫动静，于是抬头看了看家奴。家奴没说一句话，将枪拿过来交到达彭手里，详细地把射法等教给了达彭，之后家奴把枪和子弹袋里的二十颗子弹全部交给达彭说："大家慢坐，我走了啊！"家奴回去了。三个骡夫喝酒聊天时，随从扎巴也来了。他们敬了随从扎巴三杯酒，老人红着脸打开话匣子说："我的家乡在察雅，我很小就背上背包步行来拉萨，之后主人让我给少爷当骑马随从。少爷有个青灰色的坐骑，被我驯服得非常好。少爷骑上它外出的时候，人人都在看它。有一年，那匹坐骑因得寒毒死了。当时，我伤心地哭了。说句实话，我年老的父母去世的时候，我还未曾掉过眼泪……"达彭再三给阿觉扎巴敬酒。下午，服侍房给三个骡夫准备了酪糕、萝卜炖牛肉、熟鸡蛋等。他们四人吃完饭继续享受美酒。达彭对才让和拉巴说："我得去趟寝殿下面的酒馆。"说罢，他从服侍房出去了。达彭到阿佳拉泽的家门口时见她们母女俩都在，阿佳拉泽给达彭倒了茶，拿了盆子准备和面。华宗坐在达彭身边说："达彭，前天你拿来的那封信的信封上没有文字，内容除了欧色身体健康外其他什么都没有，照这样看，礼物也……"话都没说完，达彭便急着解释说："我到县府的时候，阿觉已将书信和礼物都准备好，他还嘱咐我一定要交到华宗手里。"即使达彭这样说了，也没能消除华宗心中的疑虑，她说："欧色根本就不是忙于政事，是……"话没有说完，她起身给达彭倒了碗茶。这时，阿佳拉泽拿着和好面的盆子出来跟华宗说：

"包子的肉馅儿在灶房，你去拿到这儿来。"华宗去了灶房。达彭将羊皮袋油放到阿佳拉泽旁边说："我来的时候太过匆忙也没能准备啥礼物，这点儿油是我的心意，希望您能收下！""哎呀，不必这样破费。"阿佳拉泽用拉萨本地方言回答了达彭的话。达彭说："那我也该走了。"阿佳拉泽急急忙忙地说："你今天若不吃饭就走那我就不高兴了啊！"达彭说："我得回去了，还有很多事儿呢！"达彭准备起身的时候，阿佳拉泽按着达彭的手臂说："这样怎么行？今晚一定要吃完饭再回去。"她朝着灶房喊道，"丫头，快点儿把肉拿来！"华宗端过来一托盘肉放到母亲面前。母亲又喊她："去往炉子里添点儿牛粪，火加大一点儿！达彭说要快点儿回去。"华宗皱着眉说："干吗这么急着走啊？"达彭挠挠头说："我还得去找货，所以心急。"阿佳拉泽说："再去加点儿火！"华宗即刻跑去灶房加火。阿佳拉泽将做好的包子拿去灶房蒸，华宗过来给达彭倒茶，母女俩忙碌了一会儿就都准备好了，她们将一大盘热气腾腾的包子和一小盘酸萝卜、一碗骨头汤、红辣椒油等放在达彭面前的桌子上，阿佳拉泽擦着手说："达彭啊，吃好！"华宗将一双筷子递给达彭，达彭吃了五六个包子又喝了一碗骨头汤，便将筷子放在了桌上。阿佳拉泽说："吃啊！包子做得不是很好，但还是多吃点儿啊！"达彭说："吃了好几个了。"阿佳拉泽将碗递给华宗说："再去盛一碗骨头汤！"又转身对达彭说，"这个辣椒是我自己亲手做的，放点儿

辣椒再吃一两个嘛！"这时，华宗盛来了骨头汤。阿佳拉泽的
热情款待使达彭无法拒绝，他又吃了两三个包子。他喝完那碗
骨头汤时额头都冒汗了，他擦了擦嘴跟阿佳拉泽说："我真的该
走了。"说罢准备起身，阿佳拉泽说："我还准备了上好的美酒，
看你这么急，恐怕也尝不出它的美味了。以后，有啥需要尽管
说啊！"阿佳拉泽将达彭送到门外，说："你没走之前一定要来
一趟啊！"达彭回道："一定！"别送了，回去吧。"达彭朝寝
殿走去，他回到住处连口茶都没喝就带着拉巴去商人盖勒家问
有没有运货。

　　黄昏时分，达彭和拉巴回到了寝殿。才让在灯光下缝纫东
西，达彭将肩上的包袱放到旁边说："太好了！商人才盖既不
写发货单也不称斤，答应让我们运货，我们明天把该买的买完，
后天就可以出发了。"才让说："这样刚刚好。"说着给达彭和拉
巴倒茶。第二天喂完骡，拉巴收拾饲料袋，达彭和才让梳理骡
子的毛发。少爷和随从扎巴突然走过来，三个骡夫低头向少爷
请安。少爷笑呵呵地看着骡子，随从扎巴走到骡子跟前试图摸
骡背，骡子竖了竖耳朵踢了他一脚。扎巴问达彭："你给这头骡
取了什么名？"达彭回答说："花眼母骡。"扎巴再次走到骡前：
"来！来！花眼母骡！来！"这一叫，那匹骡便看向了扎巴，扎
巴再慢慢地摸骡背时，别说是踢他了，那骡子连尾巴都不摇一
下，之后才让和拉巴也各自唤各自骡的名儿并摸骡背展现给少

爷看。随从扎巴详细询问骡的性情、迈步快慢、经常容易生的骡病等问题。三个骡夫接二连三地回答了随从扎巴的问题。随从扎巴高兴地说："骡夫真是对骡子了解得透啊！"他走到花眼骡跟前，摸了摸其手臂，"是谁给骡套的铁蹄？"达彭回道："是我套的。"扎巴说："套法非常正确。"说完，继续看套铁蹄的用具及伤势护理的东西等，之后扎巴走到少爷面前说："禀少爷，我们寝殿的三个骡夫照看得特别好，没有一匹骡有背伤或尾根伤，现在骡夫不仅完全了解骡的秉性，而且骡与骡夫之间也产生了一种默契，这种默契对于一个优秀的骡夫来说是难能可贵的。"少爷奖赏了每个骡夫五十两银子，说："好！你们不仅把骡照看得如此得当，而且还那么不辞辛苦，兢兢业业，这些我都会记在心里。日后，你们还要加倍努力。"说完，少爷走出了马棚。

他们三个从寝殿的石板上将骡陆续从拴绳上放脱，少爷在三楼的玻璃窗里向他们招手："你们路上注意安全！"他们面向少爷低头弯腰："您保重！"

经过陡峭的山路，骡队像斑马驰骋在平地上；路逢狭窄的通道，因达彭有枪他们无所畏惧。他们愉快地唱着康曲、卫藏山歌赶着路。他们在六天之内抵达了康马，达彭拿着四包圆茶去看望店主，店主笑容满面地迎达彭进屋并摆茶酒款待。店主说："上次你跟我提的事儿，我们两口子商量好并请求哲克寺的堪仁波切卜卦结果特别好，所以今天咱就把这事儿，给定了吧！察吉，去屋里拿酒，今晚我要和欧喽痛饮几杯。"说完他们便开始喝酒，达彭平日里不怎么喝酒，但那晚他喝了很多。达彭说："从今以后，我就改口叫您阿觉舍德了。"他们俩喝到很晚才休息。晚上，才让和拉巴搀扶着达彭睡下了。

随后，达彭在康马待了一天，他托阿觉舍德将十克粮食和给妹妹的海螺纹围裙即刻送去岗柔，还让阿觉舍德尽快去岗柔准备婚礼事宜，然后自己从康马出发了。达彭一到帕里即刻将货点交给店主，同时他把运去拉萨的货也一并商量好，之后开始准备婚礼用的东西。他去县府找阿觉欧色将阿佳拉泽寄的东西交给了他，同时说明了要为妹妹潘多举行婚礼的事。阿觉欧色笑眯眯地说："我有一份祝福的礼物要交给你。"他从桌子的抽屉里拿出一对绿松石和小珊瑚镶饰的耳饰交给他，"这儿有一对耳饰。"达彭说："谢谢阿觉，我明天就出发了，您有什么需要我带去的礼物就都给我吧！"欧色回住处去了，店主说："达彭，你妹妹结婚的事我现在才知道，不过我这儿有祝福的礼物，你一定要收下。你把发货单放这儿吧？我可以给你延长交货时间，你回家后安心把妹妹的婚事安排妥当。"店主把交货时间从初二改到了十二号，达彭高兴地再三感谢店主，店主笑呵呵地说："哎呀呀，你不必这样，我们都是老熟人了。"说着回屋去了。

翌日，太阳升起的时候，三个骡夫从帕里出发了。他们一到岗柔达彭直接回家了，家里人已将青稞炒熟磨成了糌粑，酒也酿好了。妹妹一见到达彭脸红得不说话，他见妹妹左手戴了一个珠贝腕钏。那晚，达彭和舅舅商量还需要准备的东西。他们决定从康马借一些桌子和碗筷，不够的再向邻舍借，还准备借阿觉拉高家的房子接待客人。舅舅将领颂师先生算好的良辰吉日递给达彭，说："初五那天，才让、拉巴、扎德等三个骑士去迎新郎，初六是个吉日，准备将新郎和阿觉舍德夫妇，还有阿觉等迎过来。"

湛蓝的天空不见手掌般大的云，清晨袭来一股凉风。岗柔村的几个男女衣着盛装，他们的脸像喝了酒一样红彤彤的。达彭家门外画着的白线条和门上挂的垂帷，还有屋顶升的煨桑烟，种种迹象表明今天对于他们家是个吉日。达彭的妹妹潘多穿着盛装，脸上盖着红布，手上戴着珠贝腕钏，那天，一切都非常顺利。屋里没有唱歌跳舞的喧闹声，他们宁静而又祥和地度过了婚礼的第一天。

太阳落山了，黑暗将整个大地包裹起来。屋里开始热闹起来，人们都陶醉在美酒中享受着歌舞。达彭将帕里带来的一根根蜡烛放在房间里，在座的客人都十分惊讶地说："阿觉达彭，别点它！"有些人按了按说："别点！这个好硬啊！""这个点起来怎么这么亮啊！"他们互相讨论着，阿觉拉高笑着说："那是印度做的蜡烛。"第二天早上，长辈们玩牌，年轻人都去田野玩掷石游戏。达彭一家人和阿觉舍德一家人为客人们敬酒，热情款待他们。第三天傍晚，煨桑烟弥漫着整个上空，舅舅大声唱起了自传。潘多的姐妹们帮着阿佳吉巴给客人们献哈达、敬酒。太阳刚落山，他们开始洒糌粑，达彭家上空洒起了白粉粉糌粑。晚上，他们堆起篝火，村里的俊男少女都围成圆圈，唱歌跳舞到半夜。

　　达彭家的婚礼庆典美满地结束了，他在家只待了一天便从岗柔出发了。虽不是第一次离开宁静的村庄去他乡，但他有一种不比以往且说不出来的重担。整个村庄的人都在讨论阿佳吉巴家的婚礼，老人们晒太阳的时候也在说："阿佳吉巴怎么生了个这么好的儿子，所谓的如意宝是什么？她儿子就是真正的活如意宝。"年轻姑娘们来河边背水的时候也在谈论潘多身上的衣服、绿松石耳饰的颜色、手上的珠贝腕钏等。各家的父母都在谈论阿佳吉巴家隆重的婚礼仪式及达彭的才华，尤其是达彭带来的神奇蜡烛。总之，岗柔村男女老少的聊天话题就是潘多的婚礼庆典。

第九章　入狱

一天下午，三个骡夫来到铁桥港口。那里正好有艘空船，于是他们赶紧卸货上船。他们将货搬进船正要赶骡上船的时候，一头红母骡随着铁铃声来到了船旁，紧随其后的是四组骡队和四个年轻骡夫。这时，船长说："汉子们！挤不上这么多牲畜了，你们坐下一趟船吧。"其中的一个小伙儿骂道："他娘的，说什么呢？"他擅自将达彭他们的骡赶下了船，才让小声地说："阿觉，别这样，我们先到的。"康巴人即刻给了才让一记响亮的耳光，这下气得达彭立马捡起一个石头砸了过去，石头正好砸到康巴人的胸口，他倒在了地上。之后，在旁的三个康巴人也挥动着腰间亮闪的长刀朝达彭跑来，周围的人都吓得逃走了。这时，拉巴赶紧用马鞭抽打着其余的骡将它们赶上了船。一个康巴人见此，即刻跑过去跟拉巴打了起来。达彭给了向他跑来的那个康巴人一刀，伤到了那人的手臂，鲜血湿淋淋地流了出来。达彭后面的康巴人尖叫着朝他跑来，达彭心想如果我不先下手为强，他肯定会要了我的命，于是毫不犹豫地朝那人开了一枪，正好射中了那人的胸部。那人摇晃着身体向前迈了几步后，倒了下去。达彭再次向空中开了一枪，之后跑向船去。这时，其他骡夫连动都不敢动一下。他们匆忙把骡赶上船渡河，到了另一岸，船长吓得脸色都变黄了，他嘱咐道："小心点儿，你们可能会被抓。"那晚，他们在曲水露宿，他们见那些康巴人从他们的旅店前经过。当他们偷看时，见那具死尸被驮在骡背上，跟骡的只有两个人。三个骡夫喝茶的时候，达彭将枪和子弹，还有自己的一些东西交给拉巴和才让说："我是杀人凶手，肯定是要坐牢的，你们两个将情况跟少爷说清楚，照看好骡。"说完，达彭脸上露出难过的表情，拉巴和才让见此也禁不住落下泪来。店长的儿子在门外大声地说："阿妈，听说今天港口有人被枪杀了。"店主说："别多嘴！肯定又是港口闹事出人命了，但愿以后不要再发生这种事。"说完，她马上念起了"六字真言"。

那晚，他们连晚饭都没吃就睡下了。第二天一早，他们启程到了冈并住在了那里。他们没有像往常一样聊天，都紧锁着眉宇低着头，眉间流露着一种伤感。翌日早上太阳升起的时候，他们来到了哲蚌寺。在那儿，他们撞见了十个肩挎机关枪的保

安兵和一个手持手枪的康巴人。一个保安对旁边的康巴人小声
嘀咕了些什么，见那个康巴人一点头，他们即刻拿起枪对准三
个骡夫并向前靠近，然后将他们的双手绑在身后抓了起来。这时，
达彭说："人是我杀的，跟他们没有关系。"保安问康巴人："人
是他杀的吗？"康巴人看着达彭点了点头，保安抓起达彭的胸
襟拉了过去，然后看着拉巴和才让说："你们俩可以走了。"说完，
保安便将他们释放了。他们俩边赶着骡边回头看达彭，朝拉萨
方向出发了。

　　这时的达彭没有感到伤心，他觉得如果我不先下手他就会
杀了我，既然官司从天而降又有什么可后悔的呢？路上的行人
停在一边看着他们，互相嘀咕着说："又抓了个小偷。"他们走
到雪碑旁又朝北走进了一个正门里，再从东面的梯子走下去，
随着"吱吱"的开门声，达彭被锁进了南面的一间牢房里。保
安兵严厉地对狱卒嘱咐道："他是个杀人犯，一定要严加看守！"
狱卒说："好的！好的！"狱卒解开达彭手上的捆索仔细端详了
一番，之后又随着"吱吱"的声响关上了门，外面传来上锁的"嗒
嗒"声。达彭环顾四周，门缝里射进的一缕光线只能模糊地看
清两侧的墙壁，慢慢地，他将视角挪到地面，见满地都是破布、
旧鞋、鹅卵石等。达彭慢慢地将破布捡起来铺在小屋的一个角落，
然后端端地坐在了上面，刺鼻的土腥味和尿骚味让他感到呼吸
困难。过了一会儿，外面有人叫："年轻人！年轻人！"达彭朝

叫声方向看去，有人问："你有没有碗？"他回了一句："没有。"
便听见外面的脚步声越来越远，最后变得悄无声息。随着铁链
的声响，推门进来一个人并把一碗面糊放在那儿，这是一碗放
了糌粑并且有点儿余温的面。达彭正饿得发慌，这碗面糊消除
了他的饥渴。渐渐地，小屋没有了一丝光线，达彭没有一丝畏
惧，慢慢地伸手估摸着解开腰带，用长袍尽可能把自己的身体
全部裹起来准备靠墙睡下，可睡意却像消散的薄雾不见了踪影，
他顿时变得很清醒。他眼前清晰地浮现出母亲的面孔，他开始
想入非非，他想起了忘记跟才让和拉巴叮嘱不能将此事告诉母
亲，倘若母亲知道了这事肯定会心如刀绞。他想到这里很是后悔，
不禁长叹了一口气。他闭眼努力让自己睡着可适得其反，他越
是这样，母亲年老的容颜越会浮现在他心里，他想到母亲自小
视自己如宝贝，长大后又总是把自己说的话都当作真理，还将
自己做的事都当作好事，视自己为她的心头肉，信任、支持、
鼓励自己，而自己这一生不仅没能孝敬母亲，这次又干了这么
痛心的事，便越发觉得自己是个不孝子。达彭眼角的泪水像断
了线的珠子滚落下来，但他的内心很肯定地认为虽然自己现在
已入狱，但总会有出狱的那一天。他反过来仔细想想又觉得自
己只是个一辈子跟骡远行的普通骡夫，既没有可靠的后台也没
有万贯财富，哪有比这更糟糕的情况？可他还是坚信自己不可
能一辈子都待在监狱里生活。达彭眼前浮现出少爷、阿觉欧色、

阿佳拉泽等人的面孔，但是在达彭的脑海中他们的神情和举止好像在梦里一样，离自己很遥远。他的思绪再次回到自己亲爱的母亲身上，他小声地自言自语道："慈爱的母亲！您的不孝子虽在很久以前就下定决心要带您去拉萨朝拜，可现在日复一日过去这么长时间还是没能带您去，真是让您等得黄花菜都凉了吧？如果我有出狱的那么一天，我一定要兑现我的承诺。"这时，门缝里照来一缕光线，敲打门锁及踢门的声音扰乱了达彭的思绪，他看了看门外，见没有啥动静便准备睡觉，他又听到另一面的房间里传来几声尖锐的咳嗽声和喘气声，还听到有叫"啊绕"的刺耳声，这些都使他无法入睡。他的耳边清晰地响起舅舅平日里对他的教导，想起他总会念叨的一句格言：对待朋友如同春风一般温和，对待敌人如同寒冬一般冷酷。他还总说：作为男人，我们一定要做那样的人。达彭回顾一番后发现自己这一生从未做过伤天害理、丧尽天良的事，便觉得安心多了。他翻过身想再次入睡，门缝中又射进来一丝亮光，他清晰地听见有人在喊："都快点儿睡，启明星都出来了。"喊完后，有个人应了一句："好的！"达彭在思绪万千中度过了这一晚。

他一觉醒来见屋里没有睡前那么漆黑吓人，便借着门缝里射进的一丝光线看向了周围，旁边放着个摔碎把手和嘴的陶罐，尿骚味使他的鼻子都酸痛。他朝墙壁看去，墙面画着很多奇形怪状的图案。他思索着这些图案低下头时，看见昨晚铺过的破布上面的针线缝里都是虱子蛋和血脓迹，达彭打心底里感到恶心并想吐。不久，狱卒打开牢房门将一个碎口碗和一点儿糌粑，还有一个没有把手的陶罐等放到达彭面前说："喂，年轻人！喝点儿糌粑汤吧！不然等会儿被抽的时候有你受的。"达彭心里一万个不想吃，但听狱卒那么一说又不得不吃，于是他勉强喝了一碗。之后，来了两个人将他的手绑在身后要带他走。达彭心想：这次肯定是要带去抽打。他们从昨天进来的那道门里出去，朝西走了一会儿便到了一处由两个柱子顶起来的厅庑，厅庑上面有个朝东的向阳窗，走进去上了楼梯，又来到了一个走廊里。走廊中间有扇朝西的门，达彭看见右面的墙壁上挂着几条马鞭，左面的墙壁上挂着几条皮鞭，达彭一进去就被按倒在地。

东面的软席上坐着个较年长的先生，他面色青黑，身穿一件缎子长袍，长袍上套着个红缎子马甲。他问："昨儿在铁桥港口杀害康巴人的凶手是你吗？"达彭没有回答，低着头待在那里。后面的人回话："正是他。"那位先生仔细端详着达彭，严厉地说："你个混账，不把西藏地方政府的法律放在眼里，为先后上船的小争执而断送一条人命，真是不可思议！"这时，达彭慢慢地抬起头将港口发生的事一五一十地向他阐明，并说："当时他挥刀向我跑来，我不得不朝他开枪，我并没有也不敢无视政府的法律。"说完，先生问："你究竟是谁的骡夫？"达彭说："我是帕里西县长的骡夫。"先生听后思量了一会儿，坐在小垫子上的秘书说："是帕里西县长土丹欧色少爷。"先生惊讶地"啊？"
了一声后看着秘书，秘书继续说："听说他买了三组骡运货赚钱。"
先生说："哎呀，朋友搞的这事！"他再次看了看达彭，挥了挥
手，示意狱卒马上带达彭下去。

达彭觉得很奇怪，跟着狱卒走到牢房门口时，碰见随从
扎巴和拉巴两人将达彭的铺盖等驮在花眼母骡和赤骡的背上等
候。达彭盯着两匹骡走了过去，他虽很想摸摸骡子，但手被绑
在身后无法动弹，于是他便喊两匹骡的名字，它们听到喊叫声
后竖起耳朵听着。这时的达彭两眼含满了泪水，扎巴和拉巴见状，
即刻扶着达彭朝牢房里走去。随从扎巴掏出五两银子塞进狱卒
的口袋："这是给您的一点儿酒钱。"狱卒直接带他们到下面的
牢房并打开了门，那里有十几个面色暗黄、头发像牛尾一样扎
起并留着很长的胡须、穿破旧长袍的人，其中的三个人还戴着
脚镣。他们来到院子里靠着墙壁晒太阳。

扎巴和拉巴将一陶罐香茶和一瓶好酒放到达彭面前，拉巴
说："这酒是阿佳拉泽让我们带给你的，还说过两天来看你。"
拉巴准备倒酒的时候，一个阿觉走过来对狱卒说："先生说把
昨天的那个人安排到楼上的一间牢房。"狱卒说："如果是这样，
那西面的房间比较好。"狱卒朝另外那间牢房走去，达彭他们也
跟着走了过去。拉巴将达彭的铺盖整理、掸灰尘、弄干净后铺
好，还将那个黑色的箱子放在垫子一旁。随从扎巴给狱卒倒酒，

把菜和饼子放在达彭面前说："你肯定饿了吧？快吃！"达彭狼
吞虎咽地吃起来。底下院子里的犯人看到后，都馋得像饿狗看
到肉一样盯着达彭。随从扎巴看着达彭说："达彭啊，男子汉一
生中会遇到这么一些事，你不用太担心。像我从小跟骡也遇见
过很多强盗和小偷，身上也有很多地方被刺伤过。你看！"说
着便脱掉上衣露出后背，肩胛骨上有一个被刀划伤的疤，疤口
又大又深，手臂上也有很多伤疤。扎巴继续说，"对于一个长途
跋涉的骡夫来说这些都是不可避免的，你不用担心，我们少爷
正在想方设法救你。你在这儿不用待很长的时间。"听到这席话，
达彭露出高兴的表情说："阿觉扎巴，你回去代我谢谢少爷。"
拉巴说："阿觉达彭，我和才让没回去之前一定再来看你。"又
转身对狱卒说："拜托你多照顾一下，日后定好好报答。"然后
起身离开。

他们走后，达彭将喝剩的酒给了狱卒，自己拿着茶来到住
处。这间小房子里铺着个薄垫，旁边叠放着达彭平日里用的铺
盖。前面的箱子上放着一团酥油，地上放着一袋糌粑和一只羊
腿。达彭心中泛起一丝喜悦躺在垫子上，一会儿的工夫就睡着了，
一觉睡到了天亮。过了两天，才让和拉巴又来看达彭。才让说：
"阿觉，我俩准备明天就从拉萨出发，商人才盖派了一个人替你。"
拉巴把一个包袱放在一角说："遵照少爷之命，管家让我们把这
个带来。"他们打开包袱将里面的小砂锅放在达彭面前，一股肉

粒汤的香味瞬间飘了出来，达彭吃了一口说："你们两个在路上要好生照看牲畜，也请善待我的骡队。花眼母骡、赤骡、白骡会经常出腭疮，要记得及时治疗。"拉巴说："阿觉，您尽管放心就是。"达彭喝肉粒汤的时候叮嘱道："这次最好不要去岗柔，如果一定要去，千万别跟我的家人提及此事，还有跟你们的家人也不能说啊！"才让说："阿觉不必担心，我俩这次没打算去岗柔。"拉巴说："阿觉，照顾好自己的身体，我们很快就会见面。"他们眼里噙满泪水，不舍地离开了牢房。达彭看着才让和拉巴的背影，眼前浮现出母亲的面孔，泪水禁不住奔涌而出。

晚上，狱卒把喝剩的肉粒汤加热后拿到达彭面前说："昨天早上，你刚来这里的时候有康巴人不断进出事务所，但这几天不见有人来。"达彭问："这个监狱叫啥？"狱卒盯着达彭的脸说："你这会儿才想起问监狱的名儿了呀！这个监狱叫雪列空。"又笑着说，"年轻人，你还挺有福气啊！冬天进来还好，倘若在夏天，牢房里虫子多得直接待不下去。"话音刚落，外面有人敲门，狱卒打开门后进来两个提着糌粑汤和钱的人问："你们这里有几个犯人？"狱卒回答说："有二十六人。"那人急忙在器皿中倒了二十六瓢糌粑，狱卒又说："还有两个狱卒和提水的及收拾尿壶的人。"说完，那人又倒了十瓢糌粑。另一个人将一些钱一并交给他说："这儿有给每个犯人的三钱和给你们五个人每人的五钱，希望你们能多念念经。"狱卒应了一声："好的！

请慢走！"狱卒关上大门，进来跟达彭说："如今，死的人也好像少了很多，施舍糌粑的不是很多，换作以前连续几天都会有人来。"狱卒将糌粑搬到了他的住处。

就这样过了十几天，一天早晨，管家大人和达吉管家，还有随从扎巴，领着一匹搭好鞍垫的骡子走进了"雪列空"的大门。他们拴好骡后，秘书笑呵呵地去跟管家大人说："请将人带回去吧！"之后，狱卒就去叫达彭，扎巴也跟着进去了。不久，达彭拿着吃剩的食物，扎巴背着铺盖来到管家面前。管家仔细看了看达彭，说："你被释放了，回去吧！"说完，他们朝大门外走去。达彭跟狱卒说："请保重！"说完跟着管家朝寝殿方向走去。

到了寝殿，管家问："你要住哪里？"达彭回道："住以往的住处就行。"扎巴说："我俩一起住吧！"于是把达彭的铺盖放在了自己屋里。午饭时间，阿佳拉泽拿着茶和食物来找达彭。她说："达彭啊，快趁热吃！"等他吃完后又说，"你在牢房肯定占了晦气，我俩先去请求洗礼。"她带达彭去了弥勒殿，向喇嘛献了哈达和钱并请求进行洗礼仪轨。达彭朝放在喇嘛面前的铜盆低下头去，喇嘛念经的同时将瓶里弥漫着红花汁芳香的浴佛水洒在他头上，他闻到了红花芳香，感受到洒在头上的圣水，有一种心旷神怡和将所有晦气邪气都一并驱散的感觉。洗礼仪式完毕后，他给弥勒殿的本尊弥勒菩萨敬献了哈达，之后就回去了。来到阿佳拉泽家门旁时，阿佳拉泽说："达彭，先去我家洗个头发再回去吧？"阿佳虽再三要求，但达彭还是直接回了住处。

下午，和扎巴吃饭的达彭陷入了沉思，他握着筷子愣在那里，扎巴说："喂！你在想什么呢？"他笑呵呵地说："我想起坐牢期间你们对我的关照。"扎巴说："你知道为什么没挨皮鞭而且坐牢的时间这么短吗？"达彭回答说："我当然明白！这都是我们少爷的恩惠。"扎巴说："才让和拉巴向少爷禀明你入狱的事后，他即刻唤管家商量，可管家说：'你丢尽列祖列宗的颜面，做一些苟且的买卖和运输等没有意义的事而败坏门风。如今进出我们寝殿的都是些康巴人、骡夫，还有卖艺的乞丐等。现在遇到这些麻烦事，那是你咎由自取，自作自受。骡夫达彭杀了人，凭什么由我们寝殿出面。'管家对此无动于衷，但少爷于心不忍便亲自跑去'雪列空'。幸好阁下大人和咱们少爷在孜康学习的时候是朋友，因此，'雪列空'这才决定减轻罪责跟康巴人内部协商，你杀的那个人是色嚓家的骡夫，而商人色嚓和色嚓盖勒又是兄弟关系。少爷利用这个关系去找商人盖勒帮忙说情协商，你这才被释放。这期间，桑丹也不停地去催促协商，受了不少苦。听他说，少爷还给康巴人偿付了命价。"听了这些详情，达彭说："少爷自始至终对我恩重如山，偿付命价的银子我会尽力还给少爷。"说完，扎巴笑着说："这些银子对他们来说没什么，你只要继续看好骡，努力为他们效劳，那才是他们所希望的。"达彭点点头。达彭跟阿觉扎巴在一起的那段时间里，阿觉不用早起，达彭每天早早地起床喂坐骑并去厨房拿茶和糌粑、清扫马粪等，年长的扎巴暂时有了悠闲自在的机会。

有一天，达彭正往马槽里倒饲料的时候，桑丹管家过来说："达彭，少爷叫你去一下！"少爷和少夫人都在。达彭一见到少爷，即刻摘掉帽子弯腰行礼。少爷说："达彭，你坐！"他坐到了地毯的一角，少爷开始详细地询问港口打斗的全过程，达彭将事情的过程一五一十地给少爷讲述完后，少爷又问："在监狱里有没有遇到困难？"达彭说："托少爷的恩惠，我没有受一丁点儿苦。"少爷从面前的抽屉里拿出一张卷拢的书信说："从现在开始，你去哪里都不必害怕，因为我们已经郑重切实地协商好并订立了契约。"他打开纸张念道："土牛年九月十二日，在执掌两制政权者皇帝面前呈报：下列签字的当事人立下信誓不渝的契约主旨，帕里西县长土丹奥朗的骡夫达瓦彭措和多康色嚓家族的骡夫阿旺仁增两人在铁桥码头因先后上船的事引起争执。事后达瓦彭措用火枪将阿旺仁增杀害。双方当事人经商讨，按照杀人命价律由达瓦彭措方向阿旺仁增方赔偿一千银两，来平定纠纷。逝者的亲属得到赔偿后，不得发生旧疮复发类的纠缠，尤其是康巴人报血仇、攻击人命等一律不得行使。如果哪方当事人违反此项，缴纳罚金黄金一百两。参照刑事实施法律的不可侵犯性并严加惩治，以上明辨是非的说辞已由当事人色差商人热旦签字，负责担保由康仓盖勒签字，还有负责担保人朗赛签字。"

少爷念完契约后达彭小声地说："我给寝殿惹了大麻烦，以后定做牛做马报答此恩。"少爷说："你去年从帕里买来的卢比，我前些天都卖给了萨德家赚了不少利润，这里还有奖赏你的一千两银子。"少爷将钱给了他，达彭马上说："我不能要这些钱，用它为寝殿弥补亏损吧。"达彭虽然再三请求，但少爷还是执意将钱给了他。达彭再次摘帽叩谢，少爷对达彭："我俩得去趟商人色嚓家。"达彭心里虽一万个不想去但又不敢不听命，他随少爷来到一个大院子里。院子里有一间朝南的房间，少爷进去时达彭站在门旁。不久，一个家奴来唤达彭，于是他进屋站在一个角落里，少爷跟商人说："铁桥港口杀害你们骡夫的就是他。"商人睁大那双又大又圆的眼睛，生气地看着他。少爷马上说，"达彭，快给商人赔礼道歉！"达彭摘下帽子恭敬地说："对不起，是我的过失。"商人看着少爷说："他好像是卫藏人？"少爷说："是的！是的！"商人挥手示意达彭坐下，达彭坐在一个角落里。商人说："禀少爷，如今噶伦堡的羊毛虽下价，但尾巴和麝香价格却非常高，我想在拉萨买一点儿，可手头儿有点儿紧。"少爷说："如果商人需要钱，我当然会借给您。"商人说："如此，那我明天拿到钱马上买尾巴和麝香让您的骡队运。"在他们畅谈阔论的时候,达彭看着房间里的家具入了迷。这间房子很大,北面墙壁旁摆放的橱柜上有个雕刻的佛龛,佛龛里供奉着几个哲邦大小的银质盒,盒里的身像模糊不清,下面还放着好几个裹着皮的箱子。西边墙面上挂着两把长枪和短枪,还有一对表面刻镂浮雕并镶嵌大小珊瑚的刀鞘。南面铺着四对软席,软席上还铺着两对红色毛呢缝边的豹皮垫褥。中间的一张汉式矮桌上放着两个倒满了茶的银镶木碗,旁边还放着装满风干肉的箧盒和一个算盘。少爷说:"已经这么晚了,我也该回去了。"少爷一起身,达彭立即站起来往门外走去,主仆两人回到了寝殿。

时间过得如此之快,达彭被释放已整整十二天了,就在达彭预测才让和拉巴也该到的那天傍晚太阳没落山前,他们赶着骡到了寝殿。他们像很久未见的亲兄弟再次相聚般非常高兴,达彭马上去厨房拿茶水和糌粑。他们俩先喝了一碗茶,然后捏糌粑吃,边吃边给达彭讲路上的见闻。太阳落山时,达彭去给骡喂饲料,他仔细观察牲畜的身体状况,见大部分骡子和以前一样健壮,而自己的那组骡不仅稍微消瘦了些而且还有三匹骡的背部有细微的肿疡。才让看着达彭说:"阿觉,牲畜都没有消瘦吧?"达彭觉得不好多嘴,回答说:"没有!"少爷派达彭去色嚓家知会骡子已到的消息,达彭兴奋地跑去通知。回来的路上他想:我很快就能见到母亲和舅舅,还有妹妹了。这次,一定要尽量带母亲来拉萨。

才让和拉巴在寝殿待了两天。第三天，他们赶着骡队去色嘌家清点货物。他们在色嘌家拿了十五驮尾巴，其中皮带上用红布标记的一个驮子上装着麝香。他们再三嘱咐一到帕里就要交给色嘌家的骡夫，还说如果他们没从印度赶回来，一定要等他们回来再把货全部点交清楚，与此同时还寄了一封信，其余的驮骡由达彭运羊毛捆子。

第四天，启明星还未散去时，三个骡夫就已经在寝殿门口了。阿觉扎巴来到门前送他们，达彭跟阿觉扎巴说："保重！"道过别后，他们十分欢喜地上路了。

第十章　去印度服侍主人

　　路上，达彭对自己的骡队很上心，尤其是背部肿疡的三匹骡，他为骡子剪去毛发敷上药，平时搭鞍垫的时候也很小心，饲料也比其他骡子喂得多。抵达帕里的时候，骡子身上的肿疡基本消了，身体也慢慢健壮起来了。一到帕里，三个骡夫开始打听色嚓家的骡夫是否也已抵达，当得知他们还没到，三个骡夫就回到住处喝了点儿茶。达彭去拜见阿觉欧色，欧色问："达彭兄弟，好久不见，那些麻烦事都解决好了吗？"达彭将相关情况从头到尾详细地跟他讲述完后说："若不是少爷相救，我们恐怕很难再见面，我也有可能已经不在人世了。这次，阿佳拉泽也很是照顾我。"欧色说："兄弟，你是个有福气的人，这都是你平日里孝顺父母、忠心主人所结的善果。"欧色看着达彭说：

"兄弟，还没吃饭吧？喂！"他朝外面喊了一嗓子便有一个家奴即刻跑过来站在欧色面前，欧色说："快拿糌粑和风干肉，还有红辣椒过来。"没等达彭反应过来，家奴早已走远。没过多久，家奴将木筛里的风干肉、糌粑、红辣椒等摆在达彭面前，倒了一碗茶放在桌子上。欧色说："兄弟，快吃！"达彭先吃了糌粑，然后拔出腰间的小刀切肉蘸着红辣椒吃。欧色说："帕里县长卸职的时日快到了，听说新县长也已从拉萨出发，新旧县长交接的工作只能由我们少爷本人来，代理人替代不了，所以前几日我已给拉萨寄去了一封书信。"达彭接话道："这样您就可以住在拉萨了。"欧色说："本来很想离开这偏远的地方，但当你真要离开时还挺留恋的。"达彭站起来给欧色倒了一碗茶，欧色继续说，"兄弟，你也喝。"达彭说："阿觉，我得回去了，到现在我都还没来得及招呼骡子。在这之前，我们一直在打听色嚓家的骡夫是否抵达。"欧色说："这样啊，那明后天有空就过来。"达彭离开欧色的住处，朝少爷的马棚方向走去。

　　三个骡夫在帕里待了两天，色嚓家的骡夫也从印度回来了。达彭去他们居住的旅店把商人寄来的书信交给了骡夫。骡夫读完信后仔细看了看达彭的脸说："喂！你就是那个杀害我们骡夫的人啊！"这句话正好戳到达彭的痛楚，随后骡夫慢慢地露出笑脸说："主人在信中指明不能报仇，从此，我们要做熟人了。"说完拍了拍达彭的肩膀，达彭这才安心地跟他们商量点交货物的事。

　　第二天早上，他们给驮骡喂饲料并刷了毛。上午，他们将所有的货点交完毕。将近中午时分，达彭去阿觉欧色的住处，欧色说："兄弟来得正好，今早刚收到拉萨的电报，少爷和少夫人很快就到帕里，他命你在帕里等候，还要你找个人替你去运货。"达彭一听到这话，惊讶地问："阿觉欧色，让我待在这儿是有啥事吗？"欧色回答说："这是少爷的意思，我也说不上。"达彭回去想了又想，也没能想出个所以然来，于是他找到货并雇了骡夫。第三天，才让和拉巴赶往拉萨去了。他们出发的早上，达彭买了一些食物拿给他们并嘱咐他们到了康马交给店主，让他转寄到岗柔。达彭虽然很想回趟家，但又不敢违背主人的命令，于是他闷闷不乐地送拉巴和才让出发，他们俩也伤心地离开达彭朝拉萨方向启程了。达彭待在帕里的五天，度日如年。这期间，他去欧色和店主跟前的次数不下十次。有时，他一个人坐在帕里市外的草场，面朝岗柔方向一待就是半天。就这样，他熬过了五天。第六天下午的晚茶时间，少爷夫妇和小少爷，还有少爷的侍从欧色的侄子及几个贴身随从和骑马的随从都到县府了，县府的院子顿时热闹起来。少爷夫妇安顿好吃了午饭，达彭去拜见少爷。他向少爷请安，少爷说："达彭，这次我命你待在帕里。"达彭回答："谨遵少爷之命，我一直在这里等候您。"少爷说："来，快坐！我现在已卸职并跟政府请了假，想借此机会到印度旅游一趟，你熟悉路程，所以要你做我们的接头人。"达彭低头恭敬地说："遵照少爷之命定全力侍奉。"少爷高兴地说："那就好！"达彭谢过之后走了出来。回住处的路上，他觉得内心空荡荡一片。心想：为什么见母亲一面就这么困难呢？他迈着懒散的步伐向马棚走去。新县长一到帕里就开始交接工作，阿觉欧色工作繁忙，晚上才能见到他。白天，达彭去马棚帮骑马随从收拾马骡。过了二十多天，天气也渐渐地变凉了。一天晚上，达彭去阿觉欧色的住处，见他不吭声，感到很奇怪。他给欧色倒了一碗茶，慢慢坐下来。这时,阿觉欧色开口说话了："昨天才将新旧县长交接的工作全部做完，可今早少爷又说寝殿上下的全部事项管家一个人忙不过来，所以命我即刻回拉萨。我也很想到印度去看看，但身为奴仆的我们真的是身不由己。"说完，他长叹了一口气。达彭对此无言以对，只能静静地待在一旁。达彭心想：阿觉想去印度去不了，我想去拉萨又没能如愿，我们每个人都有自己的难言之隐啊！过了一会儿，达彭站起身来向阿觉道别后便回去了。

秋天到了，清晨的草场上覆盖了一层白色的罩子。少爷夫妇及其侍从从帕里向噶伦堡出发了，达彭走在所有骑士的前面。每次露宿，他都会提前安排好住处和食物。一路上，达彭将一切安排得井井有条。少爷夫妇及其侍从很顺利地抵达了噶伦堡。他们在噶伦堡的住处被安排在染杂格致，去噶伦堡周围的地方游览、散步、逛街都由巴娃先生来回接送。一天晚上，巴娃先生邀请少爷夫妇及其侍从去看电影。他们从旅店出发，车停在了一座宽敞且高大的木屋前，他们下车向木屋走去。这座木房共有三扇门，每扇门前都站着检查电影票的人，门前的摊子上卖着橘子等新鲜水果，还有糖果等小零食，楼上的音响里放着印度歌曲。巴娃先生给了侍从们每人一张票，让他们按序号入座。达彭环顾四周，见少爷坐在后面的楼上。突然，"当"的一声，所有的灯光一齐熄灭，整个房间变得无比漆黑。幕布中间闪光的地方显示出一些字，紧跟着显示出风景、人物、牲畜等画面。这些不仅各自都有声音而且还会唱歌，这种活灵活现的场面使达彭他们无比惊讶。他们看得十分投入的时候，又"当"的一声响所有的灯一同亮了，房间里顿时喧闹起来，卖冰激凌的商人从外面进来，里面有观众往外走，房间里一时变得很喧哗。达彭起身看向身后楼上的少爷，他正悠闲地在那里吃橘子。没过多久，又传来"当"的一声响，走来走去的人们都坐回自己的座位看节目。精彩的节目吸引着达彭，他心想所谓的魔术可能就是这样吧！之前自己虽到过噶伦堡，但每次都那么匆忙，哪儿有时间看这种节目啊！他回到旅店，眼前仍然清晰地浮现出幕布上的人物及他们的动作。

少爷夫妇在噶伦堡的十几天，由巴哇先生雇来一个翻译员带他们去游览。这期间，他们去拜见了噶伦堡照相馆的巴娃塔朋并欣赏了他的作品。巴娃先生询问了少爷的姓名及来此的目的，他还一次次地给少爷照相。染、邦、萨三家族也邀请少爷去赴宴，打麻将欢度时日。之后，他们向巴勒嘎达出发。巴娃先生开过来两辆车，一辆车坐少爷夫妇和翻译员，另一辆车里是四个侍从和行李。车随着嘈杂声从噶伦堡的山路下坡径直开过，达彭眼前的路像是卷拢起来的毛呢被切断了，左右的房屋和人变得模糊起来。

到达目的地赫热格热，等其他侍从搬完行李，他们在火车站大厅的一角坐下来，翻译员说："少爷，你们在这儿稍坐片刻，我去买票。"左右两侧都坐满了旅客，还有卖甜茶、袋装花生米、饼子等食物的商贩。为了吸引买主，他们大声地叫卖着并不断向旅客走来。不久，翻译员过来说："火车会在热勒德乐时间八点从第十轨道驶来，这儿有整整八张去思更的票。"少爷说："你要喝什么或吃什么尽管随意！"翻译员问："你们不吃吗？"少爷说："我们没有食欲。"他买来饭吃了起来。

黑夜渐渐地笼罩了整个大地，白玻璃灯照得整个地方都亮堂堂的。远处传来似法螺声般又细又长的声音，慢慢地越来越近，最后停在了他们面前，翻译员让侍从们即刻背上行李，此外还雇了两个人提箱子，他让大家都进眼前的这个长铁箱。打开火车门，大家你推我揉地进去找床铺、放被褥。他们坐下来没多久，火车头冒起黑烟向前驶去，渐渐地速度变快了。从窗户里往外看，除了某处的个别玻璃灯外看不到任何东西。

　　黎明的曙光还没到来，火车就停在了一个站上。这时，有许多人进来急着放行李，翻译员大声说了一两句印度语，那些人都看着他的脸，翻译员看了他们手臂上戴的铜卡号，让两个人分别提箱子，四个侍从背其他东西。他们走在一条沙路上，一会儿走到了一座木桥上，过了桥爬上了一个很长的铁梯。之后走到了一栋楼里，楼上四周围着铁架，排列的大部分椅子上都坐满了人，翻译员左看右看找空椅子让他们坐下，他拿来几碗绿豆汤和几盘炒菜，还有米饭说："大家多吃点儿，米饭不够可以再去拿，这个饭店是政府开的，所以很便宜。"等每个人手里拿到米饭，还有绿豆汤和菜后，翻译员这才吃起来。

　　晚上，他们坐上了船。翌日黎明时分，达彭眼前是一片辽阔的大平原，东边的天空堆积起黑羊毛般的乌云，乌云中间露出太阳那圆银镜般的面孔。太阳渐渐变红，同时天边的云彩也呈现出红色。不久，万丈光芒照射着大地，大地母亲的容颜完整地显露出来。他们下了船并坐上了火车，火车像飞鸟一样前进，眼前茂密的森林似旋转的纺锤。路两侧的房屋如长空划过的流星，瞬间消失在眼前。太阳快要落山前，他们抵达了嘎然哈热火车站。到站后，少爷及其侍从都下了火车，这时，货车、马车、人力车朝他们蜂拥而来，翻译员说："少爷，你们坐火车肯定累了，为了能好受点儿，这次就换坐马车，怎么样？"少爷回道："这样好！"翻译员就挑选了两辆马车过来，将行李都放进了马车里。这种可以拉人的马车，装有玻璃窗，椅子是相对而立的，一辆坐了少爷夫妇等，另一辆里坐了侍从们。马夫抓着辔索，用一根长马鞭用力一抽，三匹马开始蹿驰起来，扑面而来的凉风使他们变得清醒起来。他们看着左右的风景和行人，不一会儿就到了哈热大桥，这座桥有上下两层，上面有火车驶行，下面有汽车奔驰，桥身长得都要怀疑是否把大海横切掉了。马车在桥上走了很久才到另一岸，宽敞的马路两旁是一眼看不到边际的高楼大厦，临街都是卖各种东西的商店。马路上的车辆似翻开的蚂蚁窝，车辆中间还能看到少许的人力车，马路两旁有很多人在步行。响彻天地的汽笛声和喧闹声使来自宁静地域的他们一时变得晕乎乎的，他们的马车和左右的很多汽车一同被堵在了一个三岔路口，达彭惊讶地看向站在路中央平台上的人，他看上去像个军师，身材高大，头缠红布，穿一套灰色的衣裤，挥手指挥着路上的车辆。他们从三岔路口继续前进，没过多久，马车停在了一栋高楼前。翻译员下了马车，走进高楼。少爷和少夫人在马车里左看右看连额头上的汗水都忘擦了，走在路旁的行人看着马车里的人互相嘀咕着什么。这时，翻译员走出来让大家都下车并迎着少爷和少夫人进了屋，侍从们也提箱背包地跟着他们进屋去了。达彭放下行李后马上去给少爷夫妇安置床铺。少爷脱了衣服，达彭马上给少爷递擦脸巾，少爷擦着脸说："这个地方好热呀！"达彭说："晚上如果不洗澡会睡不着觉。"少爷说："达彭，你快去休息。"达彭这才从少爷的屋里走了出来。他正面撞见了去见少爷的翻译员，翻译员看都没看达彭一眼就直接走进屋去。

晚饭时间，旅店负责给各个房间送晚饭。天黑后，翻译员领着他们去逛夜市。集市显得格外热闹，每个商店里闪烁着各不相同的灯光。路两旁排列的铁柱上挂着玻璃灯，灯泡照得道路跟白天一样亮。高大的楼顶闪烁着五颜六色的灯光，各处播放着不间断的印度歌曲。主仆们见到如此奇特的集市都惊讶地左看右看，他们逛完一个又一个商店，达彭也跟随其后，走着走着他感觉身体晕乎乎的，心想：如果能让我睡上一觉那该多好啊！但他又不得不跟在少爷左右，还时不时地摇摇头让自己保持清醒，迈快脚步紧跟着少爷。

第二天早上吃完早饭，翻译员带少爷夫妇、达彭和一个侍从坐车去嘎拉嘎达城市的大市场巴染巴泽、达冉达拉、哲尼巴冉，还有大房集市尼么凯哲和坚德巴泽等地买东西。少爷住在嘎拉嘎达期间，每天都去市场买东西。他买了十几箱必需用品和二十捆毛线，先让达彭负责运往飞机场，空运到噶伦堡。达彭发完所有的货物，拿着单据去向少爷详细汇报，少爷高兴地说："太好了，你真是个有能力的人，空运的东西明后天就到噶伦堡了吧？"达彭说："正如您所说。"少爷说："我得派一个人先去噶伦堡清点货物，然后将货运去帕里。从明天开始，我们不用再去市场了。如此，我们明天先去拜乔里摩天女，再去动物园看看，后天去加地卡那，再去看赛马。达彭，这些行程结束后，你即刻启程回去。"少爷说完这席话，达彭像是听到雷声的孔雀，十分兴奋。他恭敬地说："少爷，您的那些贵重物品到了噶伦堡后，如果没人接应怎么行，与其让我在这里享受欢乐，还不如让我明天启程赶往噶伦堡。"达彭说完后，一旁的翻译员说："噶伦堡没人按时接应货物也没关系，那里有专门的看守员。"达彭马上请求少爷："少爷，您自始至终对我恩情似海，我要报答您的忠心从来都没有变过，我虽有幸能在嘎拉嘎达欣赏形形色色的事物，但现在遇到这种情况，我始终放心不下，所以，请命我明天出发去噶伦堡吧！"因他诚心恳请，少爷看了看少夫人和翻译员，露出欣慰的笑容："好吧！那我就不强留你了，你明天就启程吧！"达彭连续说了三次"谢谢"，少爷开玩笑说："这么好的骡夫如果关在监狱不是很可惜吗？"说着看了看少夫人，少夫人也露出赞同的神情。翻译员说："禀少爷，今晚我去给他找个同伴。"少爷说："好，那就再好不过了。"达彭起身行过礼，走到门旁时，少爷说："喂！等会儿，我有一些话还需叮嘱一下！"达彭赶忙走到少爷身边，少爷说："这次买的都是些成本高且易碎的东西，不论在路上或搬上搬下的时候要格外小心谨慎，到帕里后除了我们自家的驮骡外不要驮于别的骡，知道了吗？"达彭说："谨遵少爷吩咐，一定将东西毫发无损地送去拉萨。"说完，便从少爷的住处走了出去。

第二天早上，达彭很早就起床收拾被褥和一些琐碎的东西，待他装箱准备就绪的时候，翻译员过来跟达彭说："我已向去往博朵朗巴的一些人拜托好了。"他帮忙给达彭拿行李，达彭背着被褥从旅店出发。他们坐上车，一会儿就到了一栋大房子前。翻译员走进那栋楼，达彭则在门旁等他。马路另一边的宽地上有一块硬土地，那儿的一群乞丐正揉着眼睛起身，不远处走过来一个身材高大、穿着军服、拿着一根木棍的人，他们一见到他像鸟群里抛去了一块石头，一会儿的工夫全散开跑了。看到这触动人心的一幕，达彭感到很沉闷，心想：这大千世界竟有如此可怜低下的人。他心生怜悯，情不自禁地叹起气来。翻译员还不来，他将被褥放在路边并坐在了上面。他再次看向了对面的商店，这时听见背后有几个人在说话，翻译员和两个人从大房子里走了出来。达彭马上站了起来，翻译员对那两个人说："这个年轻人不懂印度语，还请你们在去噶伦堡的路上好好照顾一下！"说罢，两人看了看达彭说："没问题！"他们坐上了一辆货车，车朝赫热火车站的方向开去。到站后，那个高个子看着手表说："我们还得等一个小时。"另一个矮个子接着说："那我们先去吃饭吧？"高个子对达彭说："年轻人！走，吃饭去！"说罢，达彭背上包裹和他们一同去了饭馆，他们在那儿随便吃了一点儿东西后，回到了车站。

他们面前的第四条铁轨上停了一辆火车，火车头顶直立的粗筒里冒着烟，烟筒下面的小房子里有一个人，他的衣服和脸像煤炭一样，他正拿着铁锹将煤堆往一旁铲。后面是一个接着一个装有门窗的长铁房子。达彭看着火车心想：我一辈子拉的货聚集到一起也不及火车拉一趟货的半个多，他看着这个伟大的东西越发惊愕。这时，远处传来很大的噪音，两个伙伴说："嗨，年轻人！火车快到了。"他们背上包裹在人群中挤来挤去上了火车。午饭时间他们抵达了赫热格热，下了火车雇了一辆直接去噶伦堡的汽车，坐了两个多小时的车就到了。达彭为了感谢两个伙伴的帮助邀请他们去一家馆子吃饭，他们吃完饭后各自分开了。达彭没回旅店而是直接去问货物有没有送达，他收好货物后，再次用绳子将箱子绑好并雇了牲畜。第二天一早，他赶着牲畜向帕里出发了。

达彭一到帕里就把东西卸在西县府的库房里，去厨房吃饭。他询问家奴洛桑的骡队什么时候到的拉萨，洛桑说："从帕里出发才两天。"达彭听到洛桑的话，脱口而出道："哎呀！"达彭在心里默默算了算，知道骡夫从帕里到这儿最起码也得二十多天，于是长叹了一口气。达彭走进西县府，来到自己的住处，坐下来开始思索。他的脑海里浮现出母亲、舅舅、妹妹，他虽然很想即刻去岗柔但还是不敢，最后决定寄一封信到康马，想让康马的亲家向母亲转达自己已到帕里，不久就回岗柔的消息。
他感觉身体凉飕飕的，天快黑了，他铺了床躺下来，没一会儿
就睡着了。达彭无所事事地在帕里整整待了二十三天，在他的
印象里这二十三天过了一年似的漫长。在此期间，他都有好几
回梦见母亲了。

第十一章　带母亲来拉萨朝拜

　　一天，西县府的院子里传来几声铁铃声，这使达彭感到万分兴奋。达彭帮拉巴和才让打理好了一切。晚上吃饭的时候，达彭向他们提出在帕里待一天，然后立即启程去拉萨的建议，他们俩也完全赞同，于是他们朝县府的驮骡上搭载少爷的东西，剩下的十四克货物雇了别的骡子。太阳刚出来，三个骡夫就向拉萨出发了。从帕里出发，两天后就到了岗柔。村庄里有许多小孩迎着三个骡夫。达彭看向这些小孩时，没有找到一个熟悉的面孔，他走进村庄向四周看了看，岗柔村庄一如既往，没有一丝一毫的改变。他们一到便马上开始卸货，等忙完所有的事情天都黑了，便各自回家去了。

　　达彭跨进门槛往屋里走的时候见墙壁旁放着一对新的立

柜，妹妹潘多见达彭回来，大声喊道："达彭哥回来了！"屋里的母亲和舅舅一同看向门外，母亲来到达彭面前抓着他的手仔细地端详着他的脸，激动地哭出声来。舅舅说："欧喽回来了，快！进屋坐！"达彭走过去坐在了地毯上，妹妹倒着茶说："刚才村里的小孩们说骡子到了，我以为哥哥没回来就没敢告诉家里人。"

舅舅仔细看着达彭的脸说："欧喽已有半年没回家了吧？"母亲坐在达彭身边擦着眼泪说："这么长时间不见你回来，还以为你遇到了什么闪失，所以一直在胡思乱想。直到康马的亲家传话说你服侍少爷去了印度，这才放心了。""曲德……"达彭边问边看向舅舅，舅舅说："他去亚东买橡木，如果明天不到，那后天就一定会到。"母亲接着舅舅的话说："我们打算新建两三间屋子。"达彭听后高兴地说："那太好了！太好了！"达彭将路上的见闻说给他们听，全家人都听得非常入迷。母亲说："先吃饭，我们明天可以慢慢聊，你在路上辛苦了就早点儿睡！"舅舅露出赞同的神情，对妹妹说："潘多，给你哥盛碗热面吃！"达彭边吃面边跟母亲说："阿妈，我准备后天就启程，这次，您跟我去拉萨朝拜释迦牟尼佛。"舅舅说："真是个孝顺的好孩子。吉巴，这次下定决心去吧。家里不用你担心。"妹妹说："我也要跟母亲一起去。"母亲说："那谁来照顾舅舅？谁来做家务活？"达彭说："阿妈从拉萨回来后就带你和曲德去。"即使达彭这样说，妹妹仍像个惯坏的小孩一样一直坚持要去。"吉巴，那就带潘多一起去吧！路上也可以照顾你。"舅舅说着看向了吉巴,吉巴说:"家里留舅舅一个人成何体统,如果你执意要去那你去,等你回来后我再去吧！"一听这话大家都沉默了,达彭看着妹妹说:"这次先带母亲去,以后哥一定带你去拉萨,听哥哥的话！"听达彭这样一说,潘多双眼含着泪点头同意。全家人吃饭聊天到很晚。

翌日,妹妹起床准备妈妈的行李,舅舅和达彭在屋里吃早饭。他们谈论着关于母亲去拉萨的一些事,舅舅说:"欧喽,不能等到曲德回来再启程吗？"达彭回答说:"我明天不得不出发了。"舅舅自言自语地说:"那你母亲的坐骑怎么办呢？"达彭回道:"这个不要紧,我已从帕里牵回来一头骡子给母亲骑。"舅舅露出开心的表情说:"你做事总是这么周到。"他拍了拍达彭的肩膀,跟达彭聊起了明年建房所需费用的事。

晚上,舅舅查看日历发现明天是个良辰吉日,他就安心地开始叮嘱潘多准备神香的事。天一亮全家人都起床了,达彭去庄园让拉巴和才让搭载货物并准备启程,然后去马棚牵着那匹温顺的骡朝家里走去。一家人吃完饭就给骡子搭好了鞍垫,妹妹在屋顶煨桑。太阳照射山顶的时候母亲从家门走了出去,舅舅站在门旁为母亲献上了一条洁白的哈达,亲切地看着她说:"吉巴,路上要保重身体,到了拉萨好好拜一拜！"潘多泪流不止地走到母亲身旁说:"阿妈,快点儿回来啊！"母亲嘱咐说:"潘多,照顾好舅舅！阿妈很快就回来。"

达彭扶着母亲骑上骡从岗柔出发了。舅舅和潘多目送她直到她的背影被山角遮住为止，左邻右舍见此都很纳闷儿，过来一问才知道阿佳吉巴去拉萨朝拜的事，他们都羡慕地说："阿佳吉巴真是个有福气的人啊！"阿佳吉巴去拉萨朝拜的事一传十、十传百又成了岗柔村老少讨论的话题。舅舅去转经时，一些长辈埋怨道："你们也真是的，吉巴去拉萨朝拜都不跟我们说。"舅舅解释说："我们昨天才商量好今天要去的事，所以没来得及跟你们说。"舅舅向他们道歉，老人们都说："吉巴有个好儿子……"就这样，阿佳吉巴去拉萨朝拜的事不仅被岗柔全村人知晓，连庄主也听说了。起先，他不怎么信，而后经一番询问才知道是事实对此感到万分惊讶,心想:我虽是岗柔的庄主，可除了去过帕里，别说是拉萨，就连去拉萨的想法也未曾有过！他一想到达彭家那么穷困潦倒都把母亲带去了拉萨，不知是愤怒还是嫉妒，思绪像波涛汹涌的大浪，等他细细想来也就明白这不仅是达彭自己有能耐，而且他还是寝殿少爷跟前的小红人，所以像自己这种地上爬的虫哪能跟翱翔的大雁相提并论，他一时感到不知所措：倘若任职期间不去一趟拉萨，怎么在全村人面前抬头挺胸，于是下定决心也要尽快去一趟拉萨。

从岗柔出发的那天起，达彭一路上牵着坐骑的缰绳走。母亲想下坐骑时，他就用自己结实有力的臂膊把母亲抱下来并牵着她的手向前走。就这样，他们赶了很长的路到了娘若山顶。他照母亲的要求去山顶，在经幡上系上哈达并颂愿善神得胜。母亲摘下帽子，双手合掌祈祷。下坡的时候，母亲的膝关节扭伤无法走路，达彭背着母亲大步向前走去，才让和拉巴见此非常感动。达彭将母亲背到山脚下，再让她骑上坐骑，抓着缰绳继续前进。每到一家旅店，达彭总是先将母亲安顿好，给她倒茶并把吃的等送到母亲面前，温和地说："阿妈，你先喝茶吃点儿东西啊！我去卸货。"他将自己负责的货物卸完，再去卸坐骑的鞍垫，之后把路上带的食物和铺盖送到母亲屋里。店主见达彭如此孝顺，无不对他竖起赞赏的大拇指。阿佳吉巴见儿子对自己这般细心照顾，便回想起了他小时候的一些事——

达彭十岁就被叫去庄园放羊。有一天，老鹰掳走了一只小山羊，为此庄主抽打达彭并两天没给他东西吃。家奴旺卓于心不忍，将此事告诉了阿佳吉巴。达彭赶着羊快要回来的时候，母亲拿着糌粑去羊圈看他，达彭见母亲来，笑呵呵地叫了一声："阿妈！"母亲见到他裂开的嘴皮就急忙跑去枕边拿袋子，袋子里除了糌粑包皮和碎口木碗，连糌粑味都闻不到。在她准备把从家里拿来的糌粑倒进袋子时，达彭抓着母亲的手说："如果把家里仅有的糌粑都给我吃了，那您和潘多不是要挨饿吗？我宁愿自己饿肚子也不要你们挨饿。"他站起来将糌粑袋递回给母亲。母亲见他破烂的裤子缝里露出的小腿上有被抽打过的伤疤不禁泪流满面，达彭瘦弱的小手擦着母亲的眼泪说："阿妈，以后我会好好看管羊群，不会让您担心的。"

又有一天，在已故的父亲准备出远门的时候，达彭将自己攒下的那小份糌粑拿给父亲说："阿爸，这些糌粑你拿去路上吃！"父亲眼里噙满泪水说："自己吃让儿子饿肚子，我怎么能咽得下去呢？"达彭说："阿爸，您长途跋涉那么辛苦，我可以吃我的那份糌粑啊！"

那些往事放电影似的浮现在母亲的脑海里，母亲自言自语地说："我的儿子从小就是个特别能替父母着想的孩子，长大后成了别人的家奴也是有什么东西都留给我。以前，他父亲从远地回来，晚上铺床和早上做饭的事都不用我来做，尤其当他父亲病重的时候，白天去庄园干活，晚上回来照顾病人，接大小便都由他一人做。"母亲小声地嘀咕完后，双手合十祈祷儿子达彭无病无灾，健康快乐每一天。这时，达彭端着盛满疙瘩面的木碗和筷子，踏着有力的步伐来到母亲身旁，他将面和筷子放在桌子上说："阿妈，吃面。"自己坐到母亲身旁。阿佳吉巴吃饭的时候，达彭跟她说："阿妈，今晚我要睡在您这里，晚上喂牲畜的事已经跟才让他们叮嘱好了。"吃完饭，达彭就给母亲铺了床，等母亲躺下来后他向母亲倾诉了很多心里话，母子俩聊到很晚才睡下。

翌日，母亲一睡醒达彭就把早饭送到了她枕边，自己去外面给坐骑搭鞍垫和收拾琐碎东西准备出发。太阳即将升起的时候，他们启程了。路逢下坡时达彭背着母亲，路较好的地方母亲骑着坐骑，达彭紧紧抓着缰绳牵着骡子前进，他对母亲无微不至的照顾使才让和拉巴甚是震撼。倘若遇到狭窄的地段，达彭的那组骡就由他们俩全权负责，称草料、喂草料、喂骡等事情也都由他们帮达彭干。抵达聂塘的那天晚上，达彭说："这一路你们让我这么轻松，我甚是感激。下次，我一定也让你们俩轻松轻松。"拉巴耳根子比较软，他自责地说："看到阿觉这般孝顺自己的母亲，我觉得自己连畜生都不如。以前阿觉您教导我的时候，我一直以为您是在骂我。如今亲眼看到您的所作所为，我感到非常惭愧。从今以后，我要好好孝顺我的父母。"说着说着，他眼里就含满了泪水。达彭欣慰地说："父母是这个世上对我们恩情最大的人，你能有报答父母的这份心，真的是值得高兴的事。"

他们赶了十天的路，终于抵达了拉萨。进入四门塔，阿佳吉巴眼前浮现出雄伟壮观的布达拉宫，她心生无言以对之喜悦双手合十，开始祈祷："得三宝保佑，我有到拉萨朝拜的机会，感恩三宝庇佑。"她嘟哝着嘴巴祈祷并专注地看向布达拉宫。人群变得越来越密集，阿佳吉巴看到路两旁走来走去的人非常惊讶。他们在人群中走了许久，午饭时间才抵达寝殿。他们将所有活干完后去楼下生火烧水，阿觉欧色见到阿佳吉巴，问："阿妈到了啊？"阿佳吉巴连忙站起来，低头说："是的！"欧色对达彭说："达彭兄弟，让阿妈住这么漆黑的屋子很是不妥，你们快搬去我的住处。"达彭说："那阿觉您……"话没说完，欧色就把口袋里的钥匙拿出来，"这是钥匙，我可以睡楼上的小卧室，你马上把阿妈安顿下来。"他把钥匙交给达彭就走了。

吃完饭，才让和拉巴帮达彭和阿佳吉巴搬进了欧色的住处。达彭正忙着解铺盖绳的时候，阿佳拉泽拿着茶和食物来了，她进门后微笑着说："达彭到了啊！"她将茶和食物放在了桌子上。达彭说："嗯！是的，我这次带母亲来朝拜了。"阿佳拉泽说："那太好了！如果你母亲在这里住不惯，可以住我家。"达彭说："阿觉欧色让我们住他的房间，就不打扰您了。"阿佳拉泽说："别说什么打扰之类的话，有什么需要尽管跟我说，东西放这儿了，我明天再过来看你们。"说完转身走了出去，她走到门旁的阶梯时又转过头说，"阿妈好好休息，过两天我可以陪您去朝拜。"阿佳吉巴双手合十再三道谢，达彭把阿佳拉泽送到了门口。阿佳吉巴一个人待在房间里，心想：城市里的人就是不一样啊！达彭进来一面给母亲倒茶，一面说："阿妈，刚才那位是我们寝殿门旁开酒馆的阿佳，我把从岗柔运来的粮食都卖给她，她给我很好的价钱，尤其是上次的那些丝线都是她帮我卖的好价钱，她对我们家恩情很大。"母亲听着儿子的话不停地点头。

到拉萨的第二天，阿佳吉巴休息了一整天。第三天，阿佳拉泽带她去大昭寺朝拜，她们走到厅庑下面，人群就变得越来越密集，阿佳拉泽便牵着阿佳吉巴的手带她去大昭寺。她们拜完一个个后殿、一尊尊佛像，最后到了释迦牟尼佛像前，阿佳拉泽带她去木板上磕头。阿佳吉巴走到木板上，双手合十放在胸口诚心祈祷：愿已故丈夫脱离苦难升往极乐净土。之后，她们到殿内给释迦牟尼佛敬献了哈达，膜拜了释迦牟尼的左右足莲，然后走了出来。阿佳吉巴再次回头注视着释迦牟尼佛面并专心致志地祈祷。等她一一拜完后，她们从大昭寺的色拉后门出来向寝殿走去。

晚上，达彭母子和拉巴、才让等在蜡烛的亮光下吃着面。阿佳吉巴的脸上流露出别样的喜悦，她在吃面的同时有说不完的话。拉巴看着阿佳吉巴说："今天在整个拉萨也找不出比阿佳吉巴更高兴和幸福的人了吧？"达彭和才让看向阿佳吉巴，吉巴微笑着说："我真是个有福气的人，我们岗柔村与我同辈的妇女到拉萨拜过释迦牟尼佛的好像只有我一个人，这都归功于我的宝贝儿子。"达彭欣慰地点点头，说："阿妈，快吃饭。我们早点儿睡，明早去转八廓。"他们四人吃完饭后各自睡下了。

阿佳吉巴实在睡不着。她想起已故丈夫就忍不住流泪，哭湿了枕头，想到自己能来圣地拉萨朝拜又觉得非常幸福。她的眼前不断浮现出释迦牟尼威严的神像和周围上供的酥油灯，她闭上双眼诚心祷告：愿他早日投胎并能出生在卫藏这个佛教圣地。夜间的世界如此宁静，甚至连心脏跳动的声音都能听到。

阿佳吉巴念着"六字真言"度过了这个夜晚。外面传来公鸡报时的鸣叫，达彭睡醒并抬头看了看母亲，母亲温柔地说："儿啊，公鸡刚叫第一声，你再睡会儿。"达彭说："阿妈，您没睡着吗？"母亲说："我晚上睡眠不太好，你再睡会儿，天亮了我叫你。"话还没说完，达彭就开始打呼噜了，母亲想到儿子一路上的艰难，非常心疼。母亲起身看着达彭的脸，帮他把被子往上拉了拉。她看着儿子的脸越发觉得他像他的父亲，她自言自语地说："三宝赐给我们这么孝顺的儿子，有幸还能在没死之前朝拜释迦牟尼佛，如果能亲眼看到儿子娶妻生子便死而无憾了，求三宝保佑！"

第三声鸡鸣之后没多久，突然从窗户缝袭来一股寒流将陷入思绪中的阿佳吉巴拉了出来，她念着"六字真言"起身穿好衣服。阿佳吉巴开门的声音惊醒了达彭，达彭马上起身。母亲说："你再睡会儿，还早着呢！"他没回母亲的话，起床穿好衣服出门去马棚给牲畜加了点儿草料，然后进来跟母亲说："阿妈，我们去转八廓吧！"母子俩从寝殿出门加入了走向八廓街的人群中。他们从闵珠桥开始转，天快亮的时候，寒冷的风倒了一身冰水似的，吹得阿佳吉巴两眼冒出了泪花。达彭牵着母亲的手经拉萨河边的小路来到普陀围墙底下，他们在那儿休息了一会儿，天完全亮了，能清楚地看见周围的景色，达彭见母亲的脸被眼泪浸湿，他用手轻轻地擦了擦。母子俩慢慢地走下普陀围墙的山路，同转八廓的人群一起向前走去。

清晨，第一缕阳光洒向大地，城市上空弥漫着一层烟雾，达彭母子俩已转完八廓回到了寝殿。达彭白天需去集市，所以他跟母亲说："阿妈，我得出去一趟，您一个人待着会空虚，我还是带您到阿佳拉泽家待会儿，您觉得怎么样？"母亲说："我在别人家会觉得不自在，还是待在这里好，我过一会儿去转八廓。"达彭说："这样也行，那我走了啊！"说完，他就出门了，阿佳吉巴坐在地毯上边穿佛珠边念经。晌午刚过，阿佳拉泽来了，她进门见阿佳吉巴一人待着便问："阿佳吉巴，达彭去哪里了？"阿佳吉巴回答说："他出去了。"阿佳拉泽笑眯眯地说："阿佳吉巴，你一个人待着多没趣，不如去我家，我们可以聊聊天。"她牵起阿佳吉巴的手，阿佳吉巴不知所措地站起来，阿佳拉泽牵着她的手朝外走去，阿佳吉巴不得不跟着她走出寝殿的大门向她家走去。

阿佳吉巴一进门就闻到了一股酒味，她们经过酒坊再往里走就到了阿佳拉泽的房子。阿佳拉泽让阿佳吉巴坐在地毯上，将一个椭圆状的茶碗放在桌子上，提起茶壶给阿佳吉巴倒了一碗酥油茶，笑呵呵地说："阿佳，你在我家不用拘束，随便坐啊！"阿佳拉泽又倒了一碗茶对阿佳吉巴说："阿佳，你有这么优秀的儿子，真是前世修来的福分啊！趁这次机会最好把色拉寺、噶丹寺、哲蚌寺都一并拜完。"阿佳吉巴说："我也是这么想的。"

当她们聊到家里的生活和孩子们的婚事等话题时，想法非常统一，越谈越谈得来，都忘了时间，直到阿佳拉泽的女儿华宗从外面进来才知道已是下午了。

华宗提起放在小火缸上的壶给坐在母亲对面的阿姨碗里添茶，阿佳拉泽说："哎呀呀，我俩尽忙着说话，连女儿回来了都没发觉，吉巴，你先喝茶，我这就生火做饭。"阿佳吉巴焦急地说："我也该走了，儿子估计也该回来了。"阿佳吉巴准备起身，阿佳拉泽说："哎呀，这么着急干吗！我们在这儿吃午饭，达彭会找到这儿来的。"华宗心想：这位卫藏阿佳肯定是跟达彭有关系的人。就在这时，达彭从外面走进来擦着额头的汗水说："我回去见门锁着，以为母亲去转八廓迷路了。所以急忙去八廓转了一圈也不见她，顺路到这儿看看……"阿佳拉泽开玩笑说："我可以保证你母亲的安全。"她叫华宗给达彭倒酒，阿佳拉泽说："哎呀，我只顾着说话忘记给阿佳吉巴敬酒了，坐啊！昨天刚出的美酒，让你们喝喝看。"她去外面拿酒，母亲跟达彭小声地说："儿啊，我们回去吧！"阿佳拉泽拿着酒壶和酒杯走进来，她倒了一杯清凉醇香的美酒敬阿佳吉巴，阿佳吉巴即刻接过酒杯喝了一口，阿佳拉泽说："喝啊，新酿的酒不会很浓烈。今天两位就别回去，在这里吃午饭啊！"没等他们回答便去了厨房。

厨房里，华宗问阿佳拉泽："这位阿佳是谁啊？"阿佳拉泽说："她是达彭的母亲，这次专门到拉萨朝拜来了。"华宗说："是这样啊！"阿佳拉泽切肉，华宗去买酸萝卜和凉粉。中午，她们母女准备了炒酸萝卜和带汤的凉粉。阿佳拉泽说："吃啊，随便做的。"阿佳吉巴吃着糌粑和糌粑配菜，感觉到一种不一样的味道。尤其是叫凉粉的软绵绵、味道又极好的这道菜，对于牙不好的老人来说真是合口。她想说一两句赞美的话，又不知道这菜的名字就没敢说。她从凉粉碗里连续夹着吃起来，阿佳拉泽说："这个凉粉最适合老人们吃，容易消化。"阿佳吉巴赞同地点着头。吃完午饭，达彭有活又得出去。临走前跟阿佳拉泽说："我还有点儿事，办完就回来，母亲在您这儿聊聊天待会儿啊！"华宗走到达彭母亲面前说："阿佳啦，我也出去了啊！"

阿佳吉巴看着她的背影，阿佳拉泽也看了看女儿，转过头跟阿佳吉巴说："来，喝点儿酒。"她拿起酒壶倒了酒继续说道，"我女儿今年都二十了。瞧，被我惯得这么大了还不懂事。"阿佳吉巴说："我们家乡的女孩子到二十岁不仅是两三个孩子的母亲，而且还负担起了家里的生活重担。城市里的孩子真是幸福啊！"阿佳拉泽说："我希望寝殿的欧色跟我女儿好，可欧色在帕里待的时间久，这事还没个着落。这期间都是达彭给我们来回传递礼物和书信，我们很感激他。"阿佳吉巴对此只是点头示意，并没有作答。阿佳拉泽又问，"达彭多大了？""他二十五岁了，今年是他的灾年，所以我很担心。"阿佳拉泽说："所谓的灾年不一定非要发生坏事，灾年发生的好事和坏事有一种说法，要么是特别好的事，要么是很不好的事。说不定这一年达彭能找着个好媳妇儿呢？谁说得准呢？对吧？"说到这儿，她们俩哈哈大笑起来。阿佳吉巴听了这话，眉头紧凑："如此，就是三宝保佑了。"说到这里，拉泽才发觉自己无心说出的话可能伤了他人的心，她露出内疚的表情说，"达彭那么好的人一定能找到一个好媳妇儿，阿佳，你不必太担心。"

阿佳拉泽的这句话正好将阿佳吉巴很多年深藏在内心深处的话匣子打开了，她开始聊起自达彭的父亲去世以来，儿子为了改善家里的生活条件怎样苦了自己，一个人担负起家里的一切重担，"现如今，家里条件虽不能说是岗柔村最好的，但肯定不是最坏的。他妹妹结婚前，我虽向他提出让他先娶媳妇，他却说为了改善家里的生活暂时搁一搁自己的事。"说到这里，她长叹了一口气说，"这对于儿子来说可能是一个很好的想法，但对于为人母的我却是心头的一块石头啊！"阿佳拉泽同样为人母，听到阿佳吉巴的这些心事，感同身受地说："我特别理解您的心情。以后，我有机会肯定向达彭转达您的想法。"阿佳吉巴打心底里感谢阿佳拉泽这样说。"拉萨这么大一地方，能遇见您这么好的人也是达彭前世修来的福分，孩子背井离乡外出打拼肯定看不上乡下的姑娘。所以，今后还请您替我多教导教导他，这份恩情我会永远铭记于心，我会诚心祈祷您和您的家人事事顺心，扎西德勒！"她泪眼汪汪地说出了这些感人的心里话，阿佳拉泽向她保证会帮她到底。阿佳吉巴有一种如释重负的喜悦感涌上心头，她高兴地拿起酒杯说："我敬好心的阿佳您。这杯酒敬您对我最真挚的承诺。"阿佳拉泽接过酒杯，马上干了。然后，她又提起酒壶倒了一杯，拿起酒杯说："我虽是第一次见您，但为了今后我们能多多相聚，还有看在我和达彭是旧相识的面上，请您把这杯干了。"阿佳吉巴接过她敬的酒也干了，她们俩聊着喝着稍微有了点儿醉意，脸上洋溢着开心的笑容。

太阳将近落山时，黄灿灿的阳光照射着大地。没过多久，寒冷的晚风驱散了太阳的余温，瞬间变得冷飕飕的。达彭牵着母亲的手，母子俩朝八廓街走去。八廓街的大部分商店都关门了，满街都是来自四面八方的旅客。他们俩从东泽色走到讲经院一角的大铸铁前，那里堆着火堆。达彭走近火堆踮着脚往里看，见火堆中间的卷轴画前坐着一位五十来岁的妇女，她拉长音调唱着什么，周围的人安静地听着，达彭心想：这位阿佳可能是在讲格萨尔王传。母亲问："儿子，他们这是在干吗呢？"达彭回答说："他们在讲格萨尔王传。"他旁边的一位老爷爷说："这不是格萨尔王传，这是诺桑王子传。"母亲再次问那位爷爷："在讲什么？"爷爷回答说："在讲诺桑王子传。"阿佳吉巴听了一会儿，听出是在用卫藏语讲诺桑王子传。讲传的人声音嘹亮动听，节奏长短把握得又好，阿佳吉巴不禁跟着哼起来。达彭说："阿妈，我们走吧！"叫了几遍母亲都没有理会，于是他挤进人群给母亲找了个位置。他让母亲坐好后对她说："阿妈，我去转八廓，一会儿回来接您，您就待在这里啊！"他走出人群去转八廓。阿佳吉巴开始听的时候，刚好讲到诺桑从北回来，在达拉拉姆山顶母亲为他敬酒接风的那段。讲到这儿，那个讲诺桑王子传的人用手指着卷轴画，拉长了音调唱道："劳苦功高的孝顺儿子，制服了外敌凯旋。老母我为你洗尘敬酒，请欢饮这一碗庆祝喜相逢……"当听到细长而又婉转还带点儿卫藏语的唱词，阿佳吉巴内心有一种喜悦感，她专心致志地听着：在第一道山口由五百妃子迎接他，在宫廷南门的大坝上由父亲迎接他……之后，母亲就把哈日如何用占卜所得卦词骗取国王的信任，又如何暗地策动五百妃子手持凶器围攻等事，一一告诉王子。诺桑听了更是悲愤交加，整天不思茶饭。过了三天，诺桑对母亲说："敬爱的慈母，我屈受国王的责骂，又受五百妃子的嫉妒，内心深念心爱的云卓拉姆，我再也无法忍受这种痛苦。照此下去，会送掉我的性命。因此，我决意要去寻找云卓拉姆！望您千万保重身体。"四月十五日晚上，明月如昼，诺桑乘着月色悄悄出宫，到遥远的地方寻找心爱的人去了。听到这里，人们一时变得鸦雀无声，有些老人用袖口擦着眼泪，阿佳吉巴伤心得眼泪忍不住流下来，一时变得听不清说唱者的声音。

达彭转了两圈回来，从火堆缝隙中看过去，见母亲抹着泪，看着说唱故事者的脸专心地听着，他不忍心去叫她，自己找了个角落坐下来休息。大铸铁前面的人开始散了，他赶紧起身去找母亲，大部分人都离开了，阿佳吉巴还在跟说唱者聊着天。达彭走近时，母亲对说唱故事者介绍说："这是我的儿子。"说唱故事者说："我们是老乡啊！"她笑呵呵地边说边收拾卷轴画，他们三人一起转了八廓一圈就各自回去了。

夜色渐渐地笼罩了大地，八廓街的每扇窗户里都折射出光亮。阿佳吉巴和达彭到寝殿门口时，才让和拉巴焦急地在门外等着他们。才让见他们回来马上跑过来说："还好你们回来了，不然我俩还准备去八廓找你们呢！听说刚刚在热色街有康巴和扎巴人在打架，还挥刀杀死了一个人。走！快点儿进屋。"他们赶紧进屋锁好了门。

第二天早上，母子俩喝完糌粑汤去转八廓。他们加入领着狗和放生羊的老人队伍中到了鲁固。达彭指着前面转动着轮子、装着六捆纯圆茶的长方形木箱说："阿妈，你瞧！这是人力车，一个人能顶三四头牲畜运的货物。"母亲念着经左顾右盼没有回答他的话，达彭越发觉得这个东西厉害。他和母亲一起走到一处江水支流旁，清澈的河流中有很多鱼儿来回游动，即使江边来人也毫无惊慌之意。转八廓的人把袋子里的食物掰成碎块往河里扔，鱼儿游到水面上抢着吃起来。母子俩看了一会儿后继续赶路，他们从普陀围墙下来后，达彭问母亲："阿妈，累不累？"母亲回答说："没问题。"他们又径直向前走到龙王庙休息了一会儿，阿佳吉巴面向布达拉宫磕了头并合掌祈祷。

太阳的光辉从东山顶慢慢地洒向了整个大地，他们从龙王庙出发走到了小昭寺。路北面搭着帐篷的村子里，有很多被布片缝补得几乎看不到牛毛质地的帐篷和满是污垢看不出本色、被三四层破氆氇和布片补了布丁的白布帐篷，这些帐篷由各种各样的草绳、牛羊毛牵引绳等粗毛绳绑在帐篷桩上固定起来，像拉开的蜘蛛网。这些帐篷间堆满了牲畜的骨头、牛羊的角，还有各种垃圾。有些帐篷面前拴着一两只羊和黄牛，有些帐篷前拴着又瘦又矮的驴和长嘴、竖起耳朵、肚肠粘在一起且肋骨突出的看门狗。一个破旧帐篷前有个老人在睡觉，头发花白且蓬乱，脸色如煤炭，他上方的箱子里有投放的五分钱和七分五厘及一钱等。达彭也从口袋里掏出一钱投进箱子，他旁边光着屁股的小孩即刻跑到他面前，竖起大拇指要钱，达彭一给钱紧接着坐在南面墙角的那些辫子打结、穿破烂无面羊裘的小孩和那些头发像被剪刀乱剪又似被驴乱啃、身穿破洞氆氇、脖子上戴着满是污垢且末端穿小铜钎子的小孩纷纷跑过来竖起大拇指向他要钱，达彭给了他们每人一钱。这时，一个小孩朝帐篷大喊了一声，帐篷里马上跑出来几个抱着婴儿的妇女，她们上前央求道："求您，给我们也给点儿！"达彭给了她们每人五分钱后转过身来，见好多满脸皱纹的老爷爷和老奶奶、瞎子，还有一些残疾的小孩，他们也向他大声念经、唱歌、竖大拇指，于是他将剩下的钱都给了他们。达彭掏空钱包走的时候，还有个别妇女和小孩儿在后面，他们跟了好久。

母子俩离开那儿往前走了一段，看见箱口盖着红布、红布上摆着刻有嘛呢的圆骡和各种大小的海螺，坐在箱子前制造海螺的人正在对海螺进行磨、穿、切。达彭对那些螺产生了兴趣便前去问价，旁边往天然石板上刻字的成年人右手拿小锤子，左手拿凿子直接在石板上刻字并摆在前面的石碓上。他身后小帐篷里的妇女正在烧煤，男的在打铁。帐篷前铺好的布条上摆放着勺子、切丝器、菜勺等，达彭也想给家里买个切丝器。他们边走边看，见路上还有编织彩色靴带和邦典的妇女。达彭心想：生活在这个神圣的地方，只要你有一技之长就不怕没饭吃。他们母子到了八廓后才吃午饭。

下午，达彭去见阿觉欧色。他一到，欧色就把手里的账单放到桌子上说："兄弟，快请坐！"达彭坐到旁边的毯子上小声地说："陪母亲朝拜需要在拉萨待一段时间，所以请……"欧色说："兄弟，你可以待在拉萨，但你得尽快找人替你找货装货，然后出发。""这些我可以尽快安排妥当。"回完话，他们沉默了片刻，欧色看着达彭的脸等他说话，达彭搓搓手说："阿觉，还要麻烦你给家里写封信。"欧色即刻剪好纸张，拿起细竹笔沾了沾墨水把达彭说的全写了下来，写完后将书信装进一个信封里交给达彭说："兄弟，喝茶！阿妈没什么不舒服吧？"达彭说："母亲好着呢！他很感激您！"欧色笑着说："兄弟总说这种话，这种话搁一边儿去，你还不如跟我说说城市里听到的一些新鲜事儿呢！来，说说看！"达彭摸摸脖子说："昨天，我在八廓街见到了一个奇怪的东西。"欧色问："怎么个奇怪法？"达彭惊讶地说："有个人骑着两个铁轮子跑来跑去，天哪！走得比人还要快，那人的技术可不一般啊！"欧色回道："你都是去过印度的人，对那种东西感到奇怪可不应该啊！那个叫自行车，拉萨人叫它钢嘎日，拉萨也才流行不久。兄弟在印度难道没见过吗？"达彭红着脸说："我去印度守着货，没去集市上逛。"欧色接着说："信，特别信。寝殿除了你，恐怕再也找不到像你一样的骡夫了，少爷也经常夸赞兄弟你。"说罢，达彭马上从毯子上站起来弯腰，恭敬地说："这些都是阿觉欧色您……"话还没说完，欧色打断道："兄弟又开始说这些客气话了，快坐下，坐下！"达彭这才坐下来。欧色说："兄弟，印度肯定是个很好的国度吧？我很想去。"达彭仔细讲述了这次陪少爷他们去印度时的所见所闻，欧色听得入迷，一时竟忘了时间，不知不觉太阳都落山了。

阿佳拉泽把酒馆里的事交给女儿后来到达彭的住处，她进门见阿佳吉巴一个人念着经就问："达彭去哪里了？"阿佳吉巴说："见欧色去了。"阿佳拉泽说："他俩坐到一块儿准会忘记看时间，我还是带你去拜小昭寺吧？"阿佳吉巴说："那真是太感谢了，我也正想去拜佛，可就是怕迷路，所以没敢出门。"于是，她起身跟阿佳拉泽一起去拜佛。

　　她们俩来到小昭寺的厅庑下，阿佳吉巴看见神情庄严、栩栩如生的四大天王泥塑佛像后，百般惊讶地进入了大门。她们来到大殿里，那里恰巧有上密院在集会，密宗院僧侣衣着氆氇僧服，排着整齐的队伍念着经。阿佳吉巴心生信仰便去集会磕头祈祷，之后，她们去拜了释迦牟尼像。阿佳拉泽去滴酥油，阿佳吉巴想献哈达，摸了摸口袋，却发现身上没有半分钱。她向释迦牟尼佛像磕头祈祷，膜拜了释迦牟尼佛像的左右足并转了三圈。阿佳吉巴不断回头瞻望，而后走出大殿朝转经路走去。阿佳拉泽早在那里等候她并带她去了无量寿神殿。她们拜完佛回到寝殿时，太阳已经落山了。阿佳拉泽虽邀阿佳吉巴去她家，但阿佳吉巴以达彭担心为借口谢绝了她并回了寝殿。回寝殿的路上，阿佳吉巴想着让达彭带自己去八廓街继续听昨天的说唱。她掀起门帘，见门被锁，心想：儿子还没回来。她抬头看向寝殿三楼少爷卧室的窗边，刚好欧色也从窗户里往下看，阿佳吉巴紧张得赶紧进了屋。没过多久，达彭回来了，他问："阿妈，您去哪里了？"母亲说了和阿佳拉泽去小昭寺朝拜的事。她遗憾地说："本想给释迦牟尼佛敬献一条哈达，可我没带钱。"达彭说："阿妈，先吃饭，明后天我们可以继续拜，我已请了运一趟货的时间在拉萨陪您朝拜。"他们母子吃了下午饭。天还没黑前，他们又去了八廓。晚上，三个骡夫和阿佳吉巴一起吃面。

达彭向他们说明了运货的事，阿佳吉巴说："你赶紧去向欧色汇报。"达彭吃完面，即刻去找欧色。

达彭走进欧色的卧室，见他一个人在那里看一本书。欧色一见到达彭就说："兄弟，赶紧进来坐！"达彭将运货赚钱和找到替补的情况汇报给了欧色，欧色微笑着说："这么说明天装货，后天就可以出发了？"达彭点头道："是的。"

翌日，母子俩转完八廓悠然自得地回来，在门旁正好遇见了欧色，欧色说："兄弟，你赶紧来一趟我的工作室！"他走上石阶，母子俩愣在那儿看着欧色的背影，不知发生了什么。阿佳吉巴："你快点儿去！"达彭即刻去了他的工作室，欧色说："兄弟，我刚接到从噶伦堡发来的邮件，少爷他们已到噶伦堡并准备住二十余天，命你在这期间抵达噶伦堡。兄弟，你不得不跟着骒夫们一起出发了。"达彭一时无言以对愣在那儿，欧色说："喂，兄弟，还是早点儿去准备吧！"达彭慢悠悠地站起来，看都没看欧色一眼就走了出来。他回到住处沉着脸不说话，母亲焦急地问："欧喽，怎么了？"达彭看着母亲将阿觉欧色的话原原本本地说给她听，母亲说："我还以为遇到什么麻烦事了呢？这有什么可想的，我们身为寝殿的奴隶，怎么能不服从寝殿下达的命令呢？快收拾行李，我们明天出发吗？"母亲这么一问，达彭盯着母亲的脸说："阿妈，您平生第一次来拉萨朝拜都这么受阻，我不得不回去，可阿妈您可以在阿佳拉泽家住一个月好好拜佛，我一个月后就回来了。"达彭讲明他的想法后，母亲说："我要跟你一起回去，我这次能亲自朝拜释迦牟尼佛已经很满足了，如果我能长寿，日后肯定还能再回来。"母亲这种铁了心要回去的样子使达彭心里好受了不少，达彭出去向两个骡夫说明明天要出发的事。

阿妈吉巴一个人待在屋里，她难过得忍不住落下了眼泪，双手合十放到胸口，诚心向三宝祈祷："能来拉萨亲自朝拜释迦牟尼佛是前世修来的福分，求三宝保佑！来世希望我的儿子活得不要像山顶的风旗一样，让他有个属于自己的温暖归宿。"她心疼儿子，诚心地祈祷。之后，她起身拿着佛珠准备最后再去转转八廓。下午，母子俩准备了一点儿心意去向阿佳拉泽告别，并说了明天启程的事。阿佳拉泽一听这话立即说："哎呀呀，还没拜色拉寺呢！这样，阿佳住我家拜完全部寺院再回去就是了。"她说罢，达彭马上看向了母亲，可阿佳吉巴说："我长时间待在拉萨很不妥，家里只有达彭的舅舅和妹妹，我还是跟儿子一起回去，以后我们还会再见面。"阿佳拉泽说："唉，我理解您，作为母亲不得不顾虑很多事，你们没走之前，我会再过去的。"母子俩起身走了出来。

第二天日出时分，三个骡夫和阿佳吉巴从寝殿门口出发了。阿觉欧色、拉泽阿姨和央宗，手拿茶酒送他们。阿佳吉巴向欧色行礼，同时感谢他这些天对她的照顾。之后，她抓着阿佳拉泽的手说："我会祈祷好心的拉泽您事事顺心。"就这样，三个骡夫和阿佳吉巴开始了他们的远行之旅。

他们走了七天的路程到了康马，阿佳吉巴住在康马的阿觉舍德家，阿觉舍德跟达彭商量由他雇坐骑和人将阿佳吉巴送到岗柔，达彭这下放心了，三个骡夫第二天就从康马出发。

他们到了帕里的旅店，卸货喂牲畜，然后吃饭。达彭独自到帕里集市的每个旅店串门打听，一些客人谈论说现如今噶伦堡的羊毛下降到了极点，一些在羊毛上投资多的商人现在到了茶饭不思的地步，又有一些商人计算说卢比和商品涨价导致运费下降，所以帕里除了运必需品外不运其他货，这样一来在拉萨很难找到运货的人。达彭一听这消息，心想：如果这次能往拉萨多运几趟货就好了。又想到少爷他们在噶伦堡等他就不敢在帕里逗留。第二天日出时分，他跟萨德家的几个骡夫一起出发，直接去了噶伦堡。达彭一到噶伦堡就立刻去见少爷，他知道少爷及其侍从们早已收拾好东西整装待发，他一见到少爷赶忙行礼，少爷说："如果再等不来骡夫，我们就准备要出发了，明天启程。"达彭低头说："领命！"达彭回去后跟才让和拉巴说了次日从噶伦堡出发的事，然后各自忙活去了。

第二天黎明时分，少爷及其侍从从噶伦堡出发赶往岗多，达彭跟往常一样在前面领队。路上，达彭问旅伴："小少爷这次为何没跟少爷他们一起回来呢？"旅伴回答说："小少爷和两个侍从一同被送去多浪学校了。"达彭回了一句："原来如此啊！"

少爷他们在岗多住了一晚，即刻向藏地出发了。他们到亚东后，上亚东东嘎寺的拉丈不仅接待了他们，还邀他去东嘎寺游玩。当晚，他们被邀请住在了寺院。少爷他们游览完回来后，达彭自个儿去寺院拜见寺院管家并给了他二十卢比，说："请给我一些神丹妙药。"管家打开手里的盒子取出三粒药丸和三个扎食，把它们包进纸里递给达彭。达彭低着头道谢后，慢慢地走出了寺院的门。

他们从亚东走了一天半就到了帕里。少爷住在帕里邦达家的十几天里有很多人来拜访，也有很多邀请少爷去做客的朋友。所以，白天很难见到少爷。在帕里的第七天晚上，达彭去向少爷禀报骡子已抵达帕里并询问少爷的东西怎么运去拉萨，少爷说："骡子到了刚刚好，你先将东西分配好，重要和易碎物包成三十个捆子让我们的驮骡运，其余的东西由你负责雇牲畜即刻运去拉萨。"达彭照少爷的意思将所有的事都准备妥当了。第二天晚上，他向少爷禀明要出发的想法，少爷给了他一百块钱，说："路上仔细些，我们拉萨见。"达彭起身向少爷行礼拜别。

三个骡夫从帕里出发路经岗柔并在岗柔住了一晚，达彭到家后一家人围坐在一起聊关于拉萨的一些事情，母亲有说不尽的话。潘多跟达彭说："哥，你什么时候带我去拉萨啊？"舅舅说："曲德已把木头准备好了，今年开始造新屋再好不过，潘多，你哥早晚会带你去。"曲德将修造房屋的地段和新房子的结构都详细说给达彭听，达彭听完十分高兴。达彭跟舅舅说："舅舅，这里有一些钱你拿着，盖新房支出肯定大。"他把用布包好的钱交给舅舅，舅舅笑呵呵地说："好的！明年我们就可以在新房里过年了，到时候你一定要赶回来过年。"晚上，母亲把糌粑和奶渣包装好，叫达彭拿给阿佳拉泽和阿觉欧色。

第二天太阳出来的时候，三个骡夫的家人为他们送行。拉巴的老父亲抓着达彭的手放在额头说："欧喽，谢谢你！我会祈祷你幸福快乐。"三个骡夫露宿在娘若，那天晚上吃完饭准备睡觉的时候，拉巴流露出伤心的表情看着达彭和才让说："我真是连畜生都不如。"一听这话，达彭和才让惊讶地盯着他的脸听他说，拉巴说，"我昨天把从拉萨买来的衣服拿出来放到父母面前，告诉他们这是我买给他们的，请他们收下。父亲和母亲都睁大双眼看着我，我走上前跪下来跟他们说，'从今以后，我会把你们的养育之恩和整个家放在第一位，好好干活来报答你们。'听到我的承诺，母亲哭着扶我起来让我坐在毯子上，父亲看着我说：'好啊！这些都是你阿觉达彭教导有方。'我将阿觉您一路上服侍母亲的过程详细讲给他们听，父亲点着头说：'达彭真是个好孩子，三宝保佑你才遇见了这么好的朋友，以后你要好好听他的话。'"达彭听了拉巴的话说："孝顺父母是我们的本分。"才让听了达彭和拉巴的谈话，想起之前拉巴一到拉萨就去酒馆和饭馆潇洒，而运最后那趟货的时候手头越来越紧，一分钱都舍不得花。那时他不知是怎么回事，一直也没敢问，听了刚才的一席话才知道了原由。他长叹一口气，站起身来去睡了。达彭对拉巴说："拉巴兄弟，睡吧！"他们俩也熄灯睡觉了。

他们从娘若赶了七天的路才抵达拉萨，他们卸货喂骡，然后去灶房吃饭。达彭问厨子："少爷他们到了吗？"厨子回答说："少爷他们到拉萨已有两天了。"达彭急忙跑去楼上见少爷，少爷说："叫欧色下午打开货捆子，礼物不快点儿送，恐怕有所不妥。"欧色和达彭，还有几个家奴在少爷面前解开了货捆，见里面有寝殿的用品和一些瓷质的用来喝甜茶用的整套英式餐具，还有几个大音响，不同颜色的哔叽和少夫人用来打扮的各式化妆用品，总之都是一些新式并稀奇的必需品。少爷好几天都忙着给亲朋好友送礼物的事情，房间里摆放的音响播放着各种印度音乐。中午，少爷和少夫人用买来的英式茶具喝甜茶，少夫人出门时不比从前，用各种化妆品把嘴巴和指甲弄得跟珊瑚一样。欧色看到少爷和少夫人的变化十分惊讶，他想印度肯定是个非同寻常的国度，叫作音响的这个小箱子不仅能播放各种音乐，而且还能听很多新闻，我如果会那些外语该多好啊！小少爷待上五六年回来肯定成了一个见多识广的人才，我如果可以陪同小少爷那该多好啊！

就在这时，达彭将母亲寄来的礼物送来给他并详细地传达了母亲很感激在拉萨期间阿觉对她的照顾，可欧色并不在意这些，他感叹道："天哪！少爷和少夫人去了趟印度，我们寝殿的改变竟如此之大，真是不敢想象啊！"达彭听到这些后乐呵呵地说："如果阿觉去趟印度就不会有这么多感慨了。"欧色说："是吗？我可以去请求少爷。"达彭开玩笑说："阿觉忍心离开华宗吗？"欧色说："哎呀，姑且不说寝殿少爷和少奶奶的变化，我们寝殿和尚一样的骡夫达彭也有这么大的改变，我是第一次从兄弟嘴里听到女孩子的名字，来，兄弟莫害羞，跟我说说印度的女人怎么样？"这个问题问得达彭低下头，脸到耳朵再到脖颈都通红一片。欧色哈哈大笑起来："现在，少夫人即使离我们很远也能闻到她身上散发出来的一种香味，尤其穿上那双高跟鞋走路，腰别提有多挺直，身材凹凸有形，直接将大美女的气质全突显出来了。"两人聊了会儿，达彭起身给欧色倒了杯茶，说："那我走了啊！"欧色说："达彭，坐嘛！这么着急干吗？"待阿觉强留后，他又坐了下来，欧色说："兄弟，不瞒你说，你也该为自己的终身大事考虑了，你母亲上次到拉萨也拜托了阿佳拉泽，你母亲的担心并非没有意义。"达彭没有回答，只顾低着头，欧色看着达彭的脸等他回复，达彭额头冒汗，一言不发。欧色感觉到给了达彭压力，便说："兄弟，你有事就先这样，有空过来我们再畅谈。"达彭起身走出了房间，呼了一口气，有种鸟儿出笼般的喜悦感。

达彭去拉萨集市，走到翁堆庄园附近，见对面过来一群驮着货捆、排成一队、高大长颈、背部肌肉丰腴的牲畜，前面有个面色红紫、戴毛绒帽、穿绒布面子的厚羔裘和一双高腰毡靴的人，他牵着它们向前走，过往的人群站在路两旁看了许久，达彭也在其中。达彭听到前面两个阿觉谈话才得知这些驼队是从青海那边过来的，大家除了知道青海是个很遥远的地方以外，并不知道它到底在东南西北哪个方向。达彭心里虽很想问，但终究还是没敢问。十几个骆驼从集市中央走过，翁堆庄园的集市又成了一个拥挤的市场。达彭从翁堆庄园进了八廓街，他要到东面的一家商店看布匹。店主正在跟一个康巴人做金钱交易，十五两银子交换了一个比十元钱大一点儿，上面印有大人头叫作大洋的钱。达彭第一次见这种钱，所以瞪大眼睛看过去。康巴商人摔在地上的一个大洋发出响亮的"当"声，他问达彭："要不要买？"达彭从地上捡起钱仔细看了看正反面，又在手里称了称重量。店主说："你头一回见这种钱吧？这是汉地的大洋，你可以去重打它，然后用来镶饰木碗，特别好看。"达彭喜欢得搓来搓去，康巴商人说："你要买就买，不买我要走了。"他准备收回大洋，达彭从腰间的钱袋里拿出三十两银子换了两个大洋，随后将两个大洋装进了腰间的钱袋并回了寝殿。

吃完晚饭达彭去了阿佳拉泽家。他将礼物交给她，之后聊天待了一会儿天就黑了。达彭从钱袋里拿出大洋给阿佳拉泽看并详细说明了用三十两银子从康巴商人那里换来的事情，阿佳拉泽听完后问："你买它用来做什么？"达彭回答说："准备镶个碗。""真是走南闯北见过大世面的人啊，就是不一样！"阿佳拉泽笑呵呵地赞扬他。达彭问："这是哪里的钱？"阿佳拉泽说："这是汉族的钱，今年，解放军一来就有很多这种钱陆续面市了。"达彭点了点头，拿起桌上的酒杯喝干后，站起身说："那我走了啊！"阿佳拉泽虽强留，但他说："我明后天再过来。"说罢就出门了。

少爷想尽快将印度买来的六十多捆优质布匹批发出去，叫人去唤色嚓盖勒。色嚓盖勒两天后向少爷禀报："汉族商人王先生说有多少布匹他都要。"少爷高兴地命他把商人王先生的住处等问仔细。

一天，少爷命达彭服侍他去汉族商人王先生的住处。达彭走上前从大门往里看，见里面拴着一条大黑狗，蜷缩成一团在睡觉。达彭往屋里喊了一声，一位年轻姑娘朝外面看，达彭赶紧问："请问这里是王先生家吗？"姑娘回答说："是的！有啥事吗？"少爷回答道："有生意上的事情找他谈谈。"她帮忙看狗的同时说："请进！"

年轻姑娘迎他们进入一间由彩色布装饰窗户的房间里，房间里有一张长腿桌子，姑娘拉开两把椅子请他们坐并有礼貌地说："两位稍等片刻，我这就去叫主人。"他们等了好久都不见商人王先生来，达彭四处看了看，这间房子里除了木质的桌椅和床铺、墙壁上挂的四幅写满汉字的条幅外，其他啥都没有。不见王先生来，他又去了院子里，他朝西看过去，对面走廊的一角是两扇朝西和朝南的门，他走过去左右看了一会儿，突然闻到一股特别奇特的味道，便好奇地走向朝西的门，掀起门帘往里看。他看见屋子里相对放着两张床，一张床上睡着一个人，另一张床上半躺着一个面色暗黄、虚弱瘦小、头发凌乱的女人。她像饥饿的寻香者扑向香火，拼命地吮吸着放在桌子上的玻璃灯火上冒出的烟。达彭惊讶地瞪大眼睛看着的时候，过来一位姑娘说："阿觉，别看这儿！"说着把他拉了回去，少爷生气地问他："不在这儿好好待着，跑哪儿去了？"他红着脸没说话。

这时，王先生到了。他见到少爷后，微倾着身体前去握手。姑娘给客人呈上了糖果点心，王先生坐到椅子上，达彭仔细端详了他一番：他戴了一顶钢盔形的毛线帽，上面还带了一个核桃般大小的毛线顶戴，帽子下瘦弱的脸上是一双凹陷无神的眼睛，一笑，脸上都是被风卷起的水纹般的皱纹，一张嘴露出两颗烟灰色并泛黑的大门牙。他瘦小的身板上套着一件哔叽大袍，除了腋下的纽扣外，其他扣子都解开来露着胸脯。一双像老黄牛下唇似的布鞋，给人一种刚从被窝里钻出来的感觉。王先生笑眯眯地看着少爷，少爷问他："我的那些布匹你看过了吗？"王先生马上回答："我要了，您要多少钱？"少爷回答："如果

你真心要，我回去后拟个折子叫人给你送过来。"王先生说："我
准备即刻派一批骡队去康定，我得尽快搭货，所以还请少爷明
天就给我回复。"他的请求被少爷接受，之后王先生问了少爷的
府名及姓名，达彭代之一一答复了他。王先生露出特别了解的
表情再三说道："没认出贵人，还请多多见谅。"少爷微笑着站
起来准备回去，王先生立刻起身恭恭敬敬地送少爷到门外。他
们回去的路上，达彭好奇地把刚在王先生家看的到情景说给少
爷听。少爷淡定地说："这有啥可惊奇的，如今我们藏地也有不
少抽鸦片的人。"达彭眼前不断浮现出刚才的情景，怀揣着惊讶
回到了寝殿。少爷一回寝殿就让达彭去唤欧色，他们三人仔细
商讨了布匹价格方面的问题，最后写出了一张折子。

　　那天傍晚，少爷让欧色和达彭将折子送去王先生家。他们
见面后，欧色将折子交到王先生的手里并说明了自己来此的目
的。王先生打断欧色的话要求先念折子的内容，于是欧色将折
子的内容一一念完并说："王先生，我们少爷命只按这个折子的
内容交易，不得有一分钱的调整。如果您同意，就请您给我们
一个确切的回复。"王先生跟站在一旁的姑娘说了一两句汉语，
那姑娘便进屋去了。过了一会儿，她拿来一个猪蹄放在欧色前面，
王先生站起来走到欧色面前说："你回去跟少爷说明天对折子上
所有的布匹进行清点计算，这里有一点儿心意，望你转交给少
爷。"欧色指着最后计算出来的总价说："这个钱请即刻交给我们，

至于布匹今晚就可以交给你们。"王先生笑眯眯地轻声说："钱我到时候跟少爷见面再付，货可以今晚就交给我们。"欧色对此表示不同意准备即刻离开，王先生对身边的姑娘说："送两位客人。"姑娘拿着猪蹄送欧色和达彭到门外。他们回到寝殿后将事情的原委禀报给了少爷，少爷说："我们这就去找他，如果能把布匹批发出去挺好。"他们走出寝殿大门，向王先生家走去。路上，达彭向少爷禀报如今拉萨市场上的印度食品类正开始趋于高涨阶段，如果能稍微限制一下会有好处，少爷对此只是点了点头没有回答。他们三人到了王先生家，少爷对王先生说："先生，您如果真心要布匹就即刻交钱，货我们也尽快交给你们。"王先生说："我的一大笔资金投到一些货物上至今没能赚到一分钱，你们偌大的寝殿就那么急着用这笔钱吗？这笔钱先借我一年，之后我会按利息加倍奉还，我先付一笔，到了年底会将全部资金付清。"少爷立即起身说："如果是这样，那我们的这笔生意是谈不了了。我们走，请保重！"说完走出门去，欧色和达彭跟在后面，王先生瞪着个大眼睛看着他们离开。

三个骡夫到拉萨已七天左右，达彭急忙到拉萨集市找货，可除了一组驮畜外，其他两组都没找到货。就这样又过了几天，达彭更加焦急了。一天，三个骡夫赶着骡去河边喂水，碰巧遇见萨德商人到寝殿来，商人一见达彭，笑呵呵地问："你什么时候到拉萨的？"达彭告诉商人他们到拉萨已有几十天可还在找货，商人仔细看了看那些骡子，转身回去了。

少爷热情地款待了他。商人问："寝殿的这些骡子是以前买的那些吗？"少爷回答说："就是那些。"商人说："骡子运货三四年后需要卖掉那些老的和身体虚弱的，然后重组骡队，如果不注重骡队的质量，在我看来，寝殿的骡队最长也只能维持两年了。"少爷瞪大了眼睛"哦哦"了几声，商人继续说："如果运费下降时期或每年夏天将骡子赶去当雄喂草最好不过了。"少爷听了商人的这些建议，露出十分满意的神情说："太好了！对这些东西熟知的人提出的建议比给了一百两黄金还要管用，真心感谢商人了。"三个骡夫回来的路上，雷雨将他们完全淋湿了，他们把骡子赶回马棚喂了饲料，然后马上回去换衣服准备吃饭。一个家奴传话来要达彭即刻去趟少爷那里，达彭擦了擦脸答应着。才让和拉巴心想：是不是又有什么棘手的活儿了？

黄昏时分，达彭回到了住处。拉巴和才让焦急地问达彭："是不是又有什么急事？"达彭说："少爷命我们赶着骡子去当雄喂草。"才让和拉巴这才放心了。他们给达彭倒了一碗茶，三人聊着去当雄喂草的事直到入眠。

翌日，他们在准备所需东西，随从扎巴过来说："让你们把牲畜赶去喂草不言而喻，一来是为了让牲畜休息长身体，二来也是骡夫们轻松快活的好时机，这里有一套我年少时喂骡玩过的牌，你们拿去玩。"他将牌交给达彭，达彭向扎巴道谢。

第二天早上，他们赶着骡从拉萨出发了。大昭寺洗净灰尘的屋顶和飞檐闪烁着耀眼的光芒，蓝蓝的天空广袤无垠，朵朵白云为周围的山顶镶上了宝冠，真是美极了。三个骡夫抵达潘波果粒山顶，广阔无边的潘波大地裹上了一层厚厚的绿皮衣，山腰间坐立着一座座亮堂堂的寺院，川原上聚集着农民屋舍，一幅美景图展现在他们眼前。他们下山后走过川原，赶了几天的路便到了当雄。绿草如茵的大地上绽放着五颜六色的花朵，花丛中有成群结队、飞来飞去的蜜蜂和蝴蝶，宛如天上的仙女舞动衣袖跳着舞。三个年轻人在草地上钉好桩子拉好绳，将骡子拴在拴绳上，然后搭好帐篷凿好灶坑准备烧茶吃饭。这时，有个人过来问："小伙儿们，你们是来喂骡的吗？"达彭回答："我们是……"那人便说："那就交草费吧！"达彭问："多少？"那人回答："是蹄章。"达彭没懂蹄章的意思，只顾瞪大眼睛看着他，那人继续说，"意思是踩地的所有牲畜的一只蹄子交一蹄章钱。"达彭计算完把钱交给了那个人，那个人拿着钱走了。之后，三个骡夫继续忙活起来。

清晨，他们赶着骡去草场喂草。草梢上的露珠像千万颗透亮的玻璃团洒在草地上，目力所见之处有一两顶帐篷。帐篷顶部弥漫着袅袅青烟，周围散布了许多牛羊。过了几日，几个牧民来到他们的帐篷里聊天。他们慢慢地熟悉起来，三个骡夫用茶和酥油招待了牧民小伙儿。有时候他们还跟牧民打牌，年轻的小伙儿们很擅长打牌，牌技好得三个骡夫几乎没有获胜的机会。小伙儿们在马背上射击时没有一箭射不中，他们唱起歌来似乎连草原上的地鼠都在侧耳倾听，达彭不由得羡慕起这些牧民小伙儿们。他们渐渐地成为朋友，友好和善、幸福快乐地生活在一起。喂草有半个多月时，那个收草费的人再次来到三个骡夫的帐篷里说："骡夫，该交草费了。"达彭向他阐明前些日子刚交，那人讥笑着说："哪儿有只交一次就完的好事儿啊！"达彭气愤地走上前时，那人后退了几步嚷道："你不交草费没关系，等到了场主少爷面前跪地求饶时别后悔！"他准备起身离开，达彭想到这句话的严重后果后，从口袋里掏出钱交给了那人，说："为了那么一点儿草费，至于这么生气吗？我交还不行吗？兄弟快请进，喝杯茶！"那人看了会儿达彭的脸，拿着钱一句话都没说就走了。

三个骡夫喂草将近一个月的时候，寝殿的随从扎巴来到三个骡夫的帐篷里，阿觉扎巴来传话让他们立即回拉萨。达彭说："明天叫朋友们都过来好好聚一天，阿觉扎巴也好好休息一天。后天，咱们启程。"大家都表示同意。

三个骡夫一到拉萨，商人才盖便让他们运一趟共三十捆羊毛和尾巴的长途货，他们决定两天后从拉萨出发。不久，商人才盖过来交给达彭一千两卢比说："把货捆卸在昔勒热门旁，装着二十六个大洋和麝香的货捆已另外作了标记，如果路上遇到什么棘手的情况，就用这些钱买点儿酒之类的东西。"商人嘱咐他，同时对货物进行清点。达彭心里的负担虽然很重，但想到商人已跟少爷商量好，便不得不点货从拉萨出发。夏日白天长，骡子休息得好，他们只用了八天时间就到了帕里。之后他们继续从帕里赶路，见到路上有很多解放军在远征。晚上，达彭在达贺桑马向一个靠得住的店主讨教危险货捆顺利通过印度关口的方法，店主说："如果货物有被印度军人检查的危险，那么可以在别人没察觉的情况下赶紧给那个检查的人塞点儿酒钱，那样会顺利通过。"听了这番话，达彭放心了不少。

翌日，卓吉冈的藏地关口，检查人员认识达彭，所以他们的队伍没被检查。三个骡夫到贝当的时候，往各自的袖子里装了两百两卢比，然后赶着各自标记的驮骡过印度关口。检查员正准备用钻子戳拉巴身旁被标记的捆子时，拉巴马上悄悄地将袖子里的一百卢比掏出来给了那军人，他接过钱看了看拉巴的脸，然后把钻子夹到腋下挥了挥手示意拉巴过去。这时，达彭连额头上冒出的汗都没来得及擦，急忙用鞭子抽打着骡子过了关口。晚上，他们在旅店得知噶伦堡近日有私底下输入的大洋，所以想往藏地运印度货的人很多。达彭心想：返回时不愁没货运了，他还想顺便买一些玻璃和窗帘回去正好能用到新房子里。

他们到了噶伦堡后，照商人才盖的嘱咐将货点交完毕并找到了货捆，准备三天后向藏地出发，路上去岗柔待几天。达彭回去时新房已盖好，他把玻璃和窗帘交给曲达，正跟他说话时，母亲也到了。母亲马上去打茶，给达彭倒茶。她说："我只在拉萨见过给窗户安装玻璃的，如果我们家安装玻璃岂不会显得比庄园还要高档了呢？"曲达说："哎呀，如若不这样，窗户就太小了。"达彭跟母亲说："阿妈，房子装上玻璃不仅暖和，还可以防灰尘。"他们正说的时候，舅舅走了过来。他见到达彭后笑呵呵地说："欧喽回来了！"达彭马上从地毯上站了起来，舅舅说："欧喽坐！你坐！"舅舅也坐到地毯上，两人开始聊起天来。母亲走去灶旁，曲达出去叫潘多。达彭见舅舅不比从前老了许多，心里十分难过，但他极力掩饰这种伤感将舅舅问的话一一作答。下午，天将黑的时候，潘多也回来了，潘多妹妹也不像以前那样耍小孩子脾气，很有一家主母的气度。潘多给达彭倒了一杯茶后，马上去灶边让母亲休息。母亲过来向达彭询问阿佳拉泽的情况，然后跟着达彭和舅舅聊了起来。那晚，达彭他们聊到很晚才睡。

第三天，三个骡夫从岗柔出发了。这次送别的时候，达彭发现舅舅脸上有一种不同寻常的悲伤，这使他心里十分难受。从岗柔出发走了很久都不见达彭说话，伙伴看到达彭这个样子担心地问："阿觉，这次回家是不是有什么不如意的事？在岗柔无论家里还是外面，乡亲们没有一个人不夸阿觉您和阿觉曲达。"他们开始聊起来，达彭也迎合着说："没有人说我的坏话吗？"

拉巴打开话匣子说："阿觉，您的能力再加上阿觉曲达的手艺，你们在岗柔村建了一座龙庙般的新房……"达彭没心情听下去，放快了步伐向前走去。抵达拉萨时，交货时间延迟了半天。骡夫们饥渴难耐不说，连牲畜也都饿得垂着耳朵。到了寝殿他们先给牲畜喂饲料和水，之后去灶房取来一壶热水吃饭。等吃饱喝足后才开始聊起来。太阳落山之际，达彭提议去八廓街转转，其他两人也同意，于是他们走出寝殿朝八廓街走去。他们到了吉堆巴前，见底下的商店里正在搬很多大洋箱。他们走进商店，见商店里的木板墙壁被拆得像长方形的马棚一样，柱间排放的架台上堆着好多大洋，一些汉族人灵活并有节奏地拿起两个大洋互相碰撞听声音看真伪，还有将堆在一旁的真大洋以每百元大洋为一包装进以千元为单位的箱子里，叫喊着名字让去领支票的。拉巴问旁边的商人，他说："在这儿交完大洋换取支票，然后拿着这个支票去印度尕乐嘎德，每大洋可以换两个卢比和十个安纳。"他们从商店出来继续向八廓街走去，拉萨的街道不比以往，不仅有很多来来回回的汽车和自行车，人群也更加密集。拉巴和才让见到这些轮子万分惊奇，瞪大眼睛看着。达彭很理解他们，想到自己第一次在印度见到那些轮子，也像他们一样惊讶。

三个骡夫没在八廓逗留太久，回到寝殿后，达彭拿着母亲寄的礼物去阿佳拉泽家。他一进家门，阿佳拉泽笑呵呵地说："达彭来了啊！快请进！请坐！"她先给达彭盛了碗茶，然后敬酒。
阿佳拉泽坐在达彭面前长叹着气说："如今，拉萨发生着巨大的
变化。达官贵族们开始流行卖掉拉萨市中心的寝殿去八廓城外
建造新房，我们寝殿有这方面的想法吗？你有没有听说什么？"
达彭说："我今天刚到，还没听说什么。"阿佳拉泽继续说："我
们少爷现在经常去新建的改造机构，每天早晨都光临集会团体。
偶尔还和少夫人坐车赴解放军的宴会和会议。看到这些，我很
担心寝殿会不会卖给其他人。"她唉声叹气地说出这些话，她的
谈话使达彭不知怎么应答，于是他就转移话题问："华宗去哪里
了？"阿佳拉泽说："女儿在家的日子屈指可数，现如今拉萨创
建了社会学校、爱国文明青年社团，拉萨市的青年男女都忙着
学习、开会、唱歌、跳舞。华宗也加入了他们。"达彭想问华宗
和欧色进展的情况，阿佳拉泽站起来走到立柜前，取出一组优
质的银供杯和一盏银神灯放在桌子上说："你瞧！这些是我最
近打的，近来拉萨有充足的大洋输入，大部分人都在打银供杯、
百供杯，还有广口银壶、银碗等。像我们这些平民人家都在打
银供杯。"说完，达彭想起了刚在八廓街所见的一系列情景。他
有了给家里的妹妹打一个银宝盒和自己打个放珍贵神物用的银
质常佩小宝盒的想法，便问："现在，拉萨的大洋货币差价怎么
样？"阿佳拉泽回答："现在的一块大洋降至换十四两银子，我
还听说如果换得多可换十三两银子，我的那些是以十五两银子

换的，算了算也不亏。"达彭从袋子里掏出礼品说："这是母亲托我交给您的东西。"他把东西放在桌子上，阿佳拉泽说："哎呀，你们不用这么破费，你母亲身体可好？如果能再来一趟拉萨，把剩余没拜的地方拜一拜就好了。"达彭告诉她家里的舅舅、母亲、妹妹、妹夫都很好，还有今年盖新房的事，他们聊到很晚。达彭有些醉了，晕乎乎地回到了寝殿。

这天，他们三人围坐在一起对拉萨近期的改变发表着各自的意见，这时，阿觉欧色过来喊道："达彭兄弟，少爷叫你去一趟。"他们俩一起上楼走进少爷的房间，见他正在用收音机听印度歌曲。少爷说："达彭，来！坐！"他走过去将收音机的声音调低了些说，"我们寝殿的骡队有一组骡已卖，明天会有人来计算，另外还要解雇一个骡夫，你觉得解雇谁好呢？"达彭听到这话，耳朵里响起"当"的一声，心跳加速，一时竟回答不上来。这时，在旁的少夫人笑起来说："少爷一发话达彭的脸色都变了，我们会让你依旧跟骡的，不然谁来负责找货点货的事情啊！"少爷说："那就把才让解雇了吧？"达彭搓搓脖子请求说："那就请少爷您知会他吧。"少爷说："欧色，你去把才让叫来！"欧色一起身，达彭也跟着出了门。他转完八廓回去，见才让沉着脸待在那里不理会达彭。那晚，他们三个辗转反侧夜不能寐。才让心想，我们三个中唯独把我给解雇，这一定是达彭的主意。失望和气愤一齐涌上他的心头。达彭看到才让的反应心想，他肯定在生我的气，如果跟他解释反而会让他更生气，他一时不知如何是好。拉巴心想，才让的事早晚都会轮到自己，到时候别说养家糊口，恐怕连自己都很难养活，他担心以后注定要在匆忙和失落中度过。

三个年轻人熬过漫长的夜晚，终于等来黎明的曙光和灿烂的阳光照射大地的那一刻。以往，他们三个一起床就总会互相开开玩笑，然后争先恐后地干活。而今天早上，他们一声不吭，像冬日里的杜鹃一样安静。这时，三个康巴人来到马棚。随从扎巴将骡子混在一起，选了一组交给他们，其他骡子露出深情不舍的样子从拴绳上强拉绳子，差点儿脱缰逃走。达彭和拉巴的心顿时变得一片空荡荡，一时控制不住流下了眼泪，才让不见了踪影。随从扎巴见此教导他们说："'男儿有泪不轻弹'，你俩不具备男儿气概，这么小的事情有啥可伤心的，更何况我们的父母、兄妹、亲朋好友都会有离别的那么一天。"这席安慰话他们始终没听进去，仍然愣在那里看着拴绳。将近下午，达彭到集市跑来跑去，最后找到了二十捆货，他们即刻装完货向帕里出发。才让一路上连加火烧水的活儿都不干，更别说理会达彭他们。达彭多次试图跟他解释，他都不理。他们走了七天便到了康马。才让要回岗柔，达彭给他倒了一碗酒说："才让，你生气我非常理解，我们作为寝殿的奴隶，少爷下达的任何命令我们只能服从，不敢说一个不字，我们能有什么自由呢？"他从口袋里掏出一百块钱递给才让说："回去把它交给父母。"他干了一杯酒，起身准备去睡。才让看着达彭的背影，泪水模糊了双眼。第二天早上，达彭和拉巴从康马出发。一路上，达彭一直不说话像在思索着什么，拉巴笑呵呵地说："阿觉达彭，你没必要闷闷不乐，我们总有那么一天也会跟才让一样两手空空地回到岗柔村。"这一路，拉巴也跟往常不一样，有时候喝很多酒烂醉如泥，达彭说了他好几回，他都点头了之，然后依旧喝。两个骡夫就这样抵达了帕里，待了三天后又出发返回拉萨。

拉萨的集市大不同于以前，可以看到很多布质的男女衬衣、大袍、短卦等。商店里有绸缎、缎子、茶壶、胶鞋等很多从汉地运来的东西。街道上有很多英国制造的汽车。寝殿里除了两匹去庆典时骑的坐骑外，其他牲畜都被赶回了庄园，马棚里放着几辆新自行车。看到拉萨的这些变化，达彭惊讶地跟拉巴聊了好多次。

在拉萨找货物时，他发现拉萨往噶伦堡运大洋箱，如果能顺利抵达噶伦堡并且能按时交货，可以赚一笔不菲的运费，但想到路上的劫匪和那些关卡便觉得那只是青蛙想飞天，所以不敢接这个活。就在这时，少爷说："达彭，你们俩运一趟帕里到噶伦堡的货，暂时不用来拉萨。"他们从拉萨出发在帕里待了几天，然后出发去噶伦堡。

噶伦堡的街道两旁新建了许多木房子，里面有很多巴利的缝纫工，他们在缝纫机上缝织各种藏式大袍、上衣、裤子等。达彭见藏族商人在订购很多捆衣服便想起了拉萨集市上的那些藏式衬衣和大袍，需私底下运往藏地的手表、若拉、奥么卡、若玛等，还有那些体积大的各种汽车和收音机。过了关卡，有很多佣人在走小路背货赚运费。

达彭和拉巴运了好几趟噶伦堡至帕里的货。渐渐地入冬了，则里拉和乃堆拉两座山上的雪特别厚，寒风刺骨。驮骡很难在雪中前进，牲畜好几次陷入厚雪中。他们在亚东地区被困好几天，尝尽了苦头，回到帕里的时候帕里至日喀则的公路已修好。有一天，他们见公路上排列着很多汽车，最前面那辆汽车上挂着三朵大红花，上面横挂的长布条上写着藏汉两种文字，汽车撑架上贴了好多五颜六色写着字的彩纸。帕里的解放军吹奏号鼓、挥动旗子迎接着这些汽车，当一辆辆汽车随着喇叭声慢慢地从街道上行驶时，路两旁的观众露出惊讶的表情纷纷议论："天哪！这个'怪物'竟然能背起房子。"两个骡夫也在人群中观看。他们从帕里启程来到亚东，当晚在驿站休息。骡夫们围坐在一起，话题大致一样，都长叹着气说："一下子来这么多汽车，不明摆着要我们骡夫们掉饭碗吗！"噶伦堡的印度商人都想着对运往藏地的东西进行加工，私底下多买些大洋。总之，这个地方变得比以往更加喧闹嘈杂。达彭和拉巴商量着决定运一趟长途货，顺便去岗柔看看家人。

达彭进家门后见舅舅躺在地毯上，他旁边的桌子上放着一碗喝过茶的碗，母亲正坐在舅舅身边看着他的脸。达彭伤心地看向母亲，母亲见达彭来，即刻跑出屋去。达彭见舅舅凹陷的眼眶里两颗泛黄的眼珠吃力地转动着。舅舅看着达彭小声说："达彭啊，你回来啦？"达彭立刻抓住舅舅的手回答："嗯，我回来了。"舅舅再次闭上了眼睛。达彭无法继续待下去便朝屋外走去。母亲泪流满面地说："我请求智图仁波切封卜，说是厉鬼作祟。我马上向寺院供奉了酬忏，每天早晚都去灵庙前煨桑……"话还没说完，妹妹潘多拿着空煨桑袋和包袱皮回来了。达彭问："潘多，曲达去哪里了？"潘多说："去亚东做立柜已经七天了。"达彭心想：这个人怎么能这样呢！达彭坐到舅舅跟前温柔地叫了一声："舅舅！"舅舅微微睁开眼看着达彭，达彭喂了他两三勺糌粑汤，没过一会儿就吐出来了，达彭见此忍不住掉下眼泪。过了许久，舅舅小声地说："我注定要败给这病魔了，这次还能见到你真是太好了。我有一个珊瑚、绿松石、金子、优质藏玉镶饰的黄铜质耳坠留给你，还有卖掉那件上好的新毛氆氇用来打理我的后事。"达彭放下手里的木碗，走到院子的角落里放声大哭。

太阳慢慢地落山了，黑暗的帘子覆盖了整个大地。达彭进屋坐在炉子旁，母亲把酥油茶和面拿到他面前说："欧喽，吃饭！"达彭没有食欲。他紧扣眉宇，两手扶着下巴思索着什么。阿妈说：“哥哥病倒已经一个多月了，这期间病情没有一点儿好转的迹象。”潘多说：“已经很晚了，母亲和哥哥去睡吧！今晚我来照顾舅舅。”达彭说：“今晚妹妹你好好睡一觉，我来照顾舅舅就好。”妹妹没有理会他的话。母亲说：“你长途跋涉太累，一定要睡！”达彭躺下来，想到舅舅的病情无法入睡，于是起身让妹妹和母亲去睡觉自己来照看舅舅。舅舅的头发和左右太阳穴已擦过酥油封了闭风窍。舅舅说：“你该回的时候按时回，不要担心我。”早上，妹妹和母亲起床了，妹妹生火做早饭，然后拿着供品去煨桑。母亲看着舅舅的脸，一直抹泪。天一亮，达彭去了趟拉巴家，拉巴的母亲正在生火，她见达彭来，朝屋内喊了几声，叫醒了拉巴。达彭问拉巴：“舅舅病倒了，我想照顾他一段时间，你看有没有什么法子？”拉巴说：“给二十匹驮骡装卸货物、照看的事我可以努力完成，但如果路上遇到强盗劫匪来抢砸商品，我一个人恐怕应付不来。”达彭也很理解他的忧虑。正当他束手无策的时候，拉巴的老父亲坚定地说：“达彭，你就安心去跟骡，家里的舅舅由我来替你照顾周全，如果需要，我现在就搬去你家里。”达彭的心情顿时放松下来，他回去跟母亲和妹妹提了此事，妹妹说：“让拉巴一个人跟骡是行不通的，如果阿觉来帮忙，我和母亲也就放心多了。”达彭在家日夜照顾舅舅，很快就过去了四天。舅舅焦急地再三说：“欧喽再不启程，交货时间就要延期了。”达彭不得不请拉巴的父亲搬过来自己准备着出发，舅舅高兴地说："哪有比这更周到的，我会祈祷三宝保佑你。"达彭临走前，把钱和两粒格西药丸交给母亲说："把药丸泡了给舅舅喝吧。"他嘱咐妹妹要好好照顾舅舅，跟舅舅行了碰头礼，流下了不舍的眼泪。

他们从岗柔出发了。达彭面无表情，一直沉浸在思索中一声不吭。拉巴也没找到什么话题，两个人像山中小庙里打坐的师徒，只顾赶路。一到拉萨，达彭即刻买酥油到大昭寺释迦牟尼佛像前上供，祈祷舅舅的病情能够好转。达彭无论干什么都惦记着舅舅的病情，一直想着舅舅怎么样了，他只求能够尽快回到岗柔。几天下来，他跑前跑后，东凑西凑，终于凑够了二十捆货即刻从拉萨出发了。他们到了康马，留拉巴看守骡队和货物，达彭回了岗柔。达彭到家的时候舅舅已经过世了，他知道曲达还没有回来便对这个人的所作所为心生厌恶。他想起敬爱的舅舅对自己的谆谆教导和呵护，禁不住失声痛哭起来，在拉巴的老父亲极力的安慰和开导下这才忍住。翌日，母亲告诉了他舅舅去世的时间和打理后事方面左邻右舍的帮忙，尤其是拉巴的父亲自始至终帮助的情况。达彭说："阿觉，谢谢您！您的大恩大德我永世难忘。"拉巴的老父亲说："欧喽对我们家恩情似海，帮这点儿忙是应该的。"母亲陷入失去兄长的痛苦，每天以泪洗面。达彭安慰母亲并交给妹妹一些钱，强忍着痛苦离开岗柔向康马出发了。达彭跟拉巴说明了舅舅去世和他父亲帮助的事，一到帕里，马上去上下寺院，还有嘎乐和扎陀等寺供神灯，祈祷敬爱的舅舅能升往极乐净土。

　　帕里至贺桑马的公路已经修好，汽车在来回行驶。听汽车司机们说，坐汽车从拉萨到日喀则只需两天的时间，日喀则到帕里只需一天，而帕里到贺桑马只要两个多小时。达彭和拉巴惊讶地说："牲畜需要走十五天才能到的地方，汽车只需三天就到了，简直不可思议！"现在，帕里也能看到个别印度商人了。达彭和拉巴在帕里待了两天后，向拉萨出发并顺路去了趟岗柔。达彭回去时刚好曲达也在家，母亲仍然沉浸在失去亲人的痛苦中无法自拔。达彭跟母亲说："现在，我们兄妹俩就只剩您一个亲人了，如果您再这样伤心难过下去，我们俩怎么办？"曲达一直躲着达彭，让达彭很不自在。一天，吃早饭的时候，达彭问曲达："舅舅在世的时候，没留下什么遗物或遗言吗？"曲达说："给我留了一个黄铜耳坠，还有一件氆氇。"达彭说："那就把这两样东西交给我。"曲达从立柜中取来一个镶嵌葱石的黄铜质耳坠和一件脱了毛的旧氆氇交给达彭，妹妹潘多仔细看了看眼前的东西说："这不是舅舅的耳坠和氆氇。"曲达瞪着她说："不是这些那你去拿！"达彭想到舅舅都已离开人世，他们却在这里为一点东西争吵，真是太不应该了。达彭将耳坠还给曲达说："耳坠你自己戴吧！这件氆氇就算只能卖一分钱也要卖了为舅舅上供祈福。"曲达听了这句话，脸红得走了出去。达彭对潘多说：

"你们千万别在母亲面前使眼色，刚才的事情一定要瞒着母亲，不能让她知道。"听了哥哥的教导，妹妹哭着点头答应。

达彭心灰意冷地在家待了两天，之后出发去了拉萨。他们到了寝殿，达彭先去喂牲畜，然后去吃饭。吃完饭去见少爷，少爷向达彭仔细询问了运费上涨下跌的情况，达彭做了详细汇报。少爷说："这次，你到岗柔后选五匹老骡交给庄园，其余的十五匹还是由你们俩负责赚运费。从下一趟开始暂时不用来拉萨，还是运帕里至噶伦堡的货吧！"达彭起身低着头说："领命！"他正准备离开，少夫人从屋里走出来说："达彭，估计今后你很难再到拉萨了，趁这次机会好好拜个佛，这是给你的一点儿奖励。"她给了达彭二十块钱，达彭说："谢谢夫人！"他回到住处，一直不说话，拉巴倒了碗茶问："阿觉，遇到什么不顺心的事了？"达彭喝了一口茶，把碗放到桌子上说："真是坏消息一个接一个，少爷又命我们送走五匹骡子。"拉巴说："阿觉，你瞎操的什么心啊！骡子的主人是寝殿的少爷，我们做佣人的除了服从主人的命令还能干个啥？我们还不如好好准备准备尽快出发。"达彭也觉得拉巴说得有理，于是看着他的脸说："走！"他们走出门去。达彭找了十五捆货，另外还加了布长袍、上衣、裤子，还有少量的茶等五个货捆即刻从拉萨出发了。他们一路上卖着那些商品，到康马时只剩下了一点儿。达彭在康马雇人让其赶着五匹骡去岗柔庄园。他们走在藏地，除了能见到一些骡夫和驴夫外，

几乎看不到骑马赶路的商人。在帕里的几天，达彭和拉巴见私
家商人们为了方便去藏地或去帕里至贺桑马，都是乘汽车。他
们俩从帕里跟着一些赚费的坐骑一起去噶伦堡。

　　噶伦堡以前就有缝纫类的衣服，现在又有棉丝哔叽，还
有用"甲子"牌的缝纫机缝制出来的大量僧裙、僧袍、布凉
棚、垂帷等。长期居住在噶伦堡的一些藏族人在缝制大量的黑
绒、高腰靴，还有挂在腰部的皮钱包等。随着一些日常用品的
需求增长，以前不太需要的东西，现在都包装成捆子了。大洋
是制作卢比的主要原料，所以藏族商人从藏地运来大量大洋。
噶伦堡地区的商人和手工缝纫工，一天到晚忙碌得像除夕的小
狗，这给运货的骡夫和背货的佣人创造了一个赚取运费的好机
会，大家都匆匆忙忙地来回运货。达彭和拉巴也不例外，他们
也运噶伦堡至帕里、岗多至贺桑马之间的货来赚取运费。转眼
间，他们在忙碌中已度过了两个多月。就在此刻，一个响彻天
地的好消息传遍了神州大地的各个角落。中印两国之间达成协
议，为了两国更好的贸易往来，不再阻碍商品的输入输出。达
彭和拉巴听到这一消息后，亲眼见到藏地向印度运输大量的大
洋，以往阻止运输的米、面、铁器、机器类的东西，现如今都
是百箱百捆地运往藏地。两国边界的关卡除了检查行人外，不
怎么检查行李。达彭和拉巴对那里的商人、旅店、运货商都非
常熟悉，同样他们对两个骡夫也极为信任。他们俩运大洋、钟

表等贵重物品，赚得运费也比其他骡夫要多。他们顺便做些小买卖赚利润攒了不少钱。但是，达彭总是心系岗柔的母亲和妹妹。舅舅的离世对她们的身心打击之大，他差人往家里寄了两回信都不见回复。他时常梦见母亲慈祥的面孔，而白天的劳累将思念家乡和亲人的精力全占据了。

第十二章　回家乡照看水磨坊

　　人无法预测时代的变迁。如今，亚东和帕里地区有两三家人共同收集资本从印度买产自英国的大货车，然后雇六七个佣人用扁担背运部件，其他小零件则雇驮畜运去贺桑马。在那儿装好汽车零件后，由货车从帕里运往拉萨。现如今，雇驮畜运货的越来越少，与此同时，拉萨和卫藏地区的许多商人相互攀比似的各自组车队，拉萨的一些贵族也开始组车队了。如今在藏地，驮畜运货的工作像断了泉源的池沼变得越来越少，这致使骡夫和驴夫不得不拉印度的长途货。印度的气候炎热，山路险峻陡峭，很容易伤及牲畜。

　　少爷也顺应时代的变化，派人去印度买了汽车零件，再到贺桑马进行组装。这期间，少爷让达彭和拉巴在岗多运货。汽车零件组装好之后，即刻装货向拉萨出发。达彭和拉巴收到寝殿寄来的一封信，命他们俩即刻去一趟拉萨。达彭想到这次去拉萨准没什么好事，可又想到顺路可以去看望母亲便悲喜交加。他们拉着一趟长途货向拉萨出发了。他回家看望母亲和妹妹，正好曲达也在家，一家人总算团聚了。如今，母亲年迈看不清东西，妹妹也不比从前，脸上多了被岁月洗礼的痕迹。达彭心想，自己离开家乡的父母和兄妹在外游荡的日子也该结束了，是时候回到亲人身边尽孝了。晚上，达彭在母亲枕边将自己的想法说给她听。母亲抹着泪将舅舅离开之后的情况讲给儿子听，母子俩谈心到很晚才睡。

达彭和拉巴在岗柔待了两天，又启程去了拉萨。抵达寝殿后的第二天上午，少爷差了一个家奴唤两个骡夫。少爷说："你们俩到了就好，我前几天已将寝殿的十五匹骡及鞍垫一并卖给了一个康巴商人，你们俩现在没什么工作，先在拉萨待几天，过几天坐寝殿的汽车回去。到了岗柔后，你们各自干庄主分配的工作。"达彭和拉巴万分惊讶，他们瞪大双眼看着少爷，少爷继续说，"这次的工钱再加上一点儿酒钱，每人共一千两银子，你们去寝殿的管家跟前拿就是了！"两位骡夫面面相觑，过一会儿才回到住处，达彭长叹了一口气说："现在，我们结束了人生的一段路程。之后的路怎么样，只求三宝保佑了。"他说出失落沮丧的话，拉巴说："阿觉无需多想，我们做奴隶的，主人让我们往西我们绝不敢往东，与其在这里唉声叹气不如用这几天的时间好好拜拜佛，再买一些必需品。以后，我们恐怕很难再来拉萨喽！"达彭赞同地看着拉巴说："你说得对！"说着起身去马棚给牲畜喂饲料。达彭见到这些牲畜有一种说不出的伤感，他心想，唉！这些不会说话的牲畜，以后会遇到怎样的主人也很难说，如果遇到凶狠的主人那就坏了。他不由得祈祷："愿三宝护佑！它们能落入一个好主人手里。"达彭摸了摸牲畜的背毛，饲料给得也比以往更多。这些牲畜除了多吃点儿饲料，哪知很快就要与相伴很多年的主人分离去另外的主人那里。达彭慢慢地离开马棚，回到了住处。

第二天早上，欧色将两个骡夫叫到他的房间说："你们在拉萨住两天，买一些需要的东西，钱不够可以跟我说，这是我的一点儿心意。"他给了达彭一百两银子，拉巴五十两。他们起身说："谢谢您！"他们道完谢接过钱，欧色说："你们坐啊！"欧色让他们坐在地毯上，开口说："以后，我们恐怕很难再见面，你们要回岗柔，而我又有去印度的打算。达彭，回去后好好孝顺母亲，再给自己娶个媳妇儿好好经营家庭。"他的教导使达彭眼里含满着泪水，哽咽得说不出话来。他只顾低着头待在那里，拉巴起身向欧色行礼道完谢转身走向门外，达彭连抬头看欧色的勇气都没有，弯着腰跟着拉巴走出门去。

他们在拉萨的几天，上午朝拜下午逛集市，他们亲眼见证了拉萨的变化。集市上的商品比以前多了不少，还有一些从未见过的商品：香港的挂面和罐头，英国的汽车、自行车、哔叽，德国的铁器等。总之，有一种只要有钱就没有买不到的东西的感觉，他们俩把所有需要的东西都买完并放在住处，等待回去的车。

一天下午，达彭专门去阿佳拉泽家跟她道别。他一进门，阿佳拉泽便笑呵呵地迎他进去，敬了一杯酒说："达彭，现在，拉萨的人都在租车拉货，你们骡夫今后的工作恐怕也很难做下去了！"达彭说："寝殿的骡子及鞍垫都一并卖了，少爷已命我回岗柔，我们以后可能很难再相聚，阿佳对我们母子恩重如山，我会祈祷您事事顺心。"阿佳拉泽听到这句话起先很惊讶，之后勉强露出笑脸说："像你这么善良、勤劳勇敢又有能力的人走到哪里都能自食其力，不用愁吃穿。让你回去陪在母亲身边孝顺照顾也是老天给你指的一条明路，不必难过。"达彭伤感地点头。阿佳拉泽再三给达彭敬酒，达彭有了些许醉意。达彭抓着阿佳拉泽的手放在自己额头上，说："我背井离乡从岗柔庄园来到这么大的城市，您和阿觉欧色不仅没有瞧不起我，还那么照顾我。我和母亲会永远保佑您幸福安康，阿觉欧色……他……有想去印度的想法……"阿佳拉泽听到这话，心里感到一丝冰凉。她再次问达彭："谁说的？"达彭已醉得谈吐不清，吞吞吐吐了："他是个好心人，我也会祈祷他幸福安康！"

　　阿佳拉泽慢慢地扶着他睡下，独自陷入沉思，思绪万千。她想起以前欧色再三到酒馆来喝酒，女儿华宗笑眯眯地给他倒酒的画面；想起华宗的父亲去世后的二十多年，家里没个做主的男人，还要忍受别人的那些欺凌时，忍不住流下了委屈的眼泪。她又看了看躺在自己身边的达彭，心想，如果华宗不嫌弃这么好的小伙子，跟他在一起，我们母女也就什么都不用愁了。而现在女儿华宗经常跟一些不三不四的朋友出去唱歌跳舞，完全不顾母亲的感受和想法，她不敢想象自己的下半辈子会经历怎样的波折。这时，达彭在睡炕上说梦话，大声地叫起了自己的母亲："阿妈……阿……"

　　达彭的一声吼叫将阿佳拉泽从思绪中拉了回来，她仔细端详着达彭的脸，见躺在自己身旁的这个小伙子不管是从额头的细纹、深邃的眼眸，还有嘴上的胡子、健壮的身体都能看得出他是一个吃苦耐劳的人，如果他能做自己的女婿那该多好啊！想到这儿，她的眼泪像断了线的珠子掉在地上，达彭的脸也变得模糊起来。

　　这时，阿佳拉泽有一种抬不起自己头颅的感觉，她把头放在达彭的胸口情不自禁地哭了起来。华宗的父亲去世二十多年，那些酒鬼多次的骚扰和死缠都没能使她有一丝的退缩，她为了生活咬牙切齿地走了过来。阿佳拉泽一直想家里能有个男人为她们撑起一片蓝天，那该多好！可她觉得自己命薄没有那样的福气。达彭的母亲在拉萨的时候，她本想透露自己藏在心里多年的话，可达彭的母亲也走得急。一种依偎在中意的男人胸膛吐露内心的想法，除了今天，再无机会，这强烈的思绪使她淡忘了羞涩和拘束。达彭猛地惊醒，他睁开眼见阿佳拉泽的头正放在自己的胸口哭泣。他发现自己的身体像被浇上了滚烫的开水，他马上从睡炕上猛地站起来。他见阿佳拉泽的眼睛哭肿，头发也乱了。她的哭声越来越大，达彭心想，是不是她的女儿华宗遇到什么闪失了？就问："阿佳拉泽，华宗是不是遇到什么麻烦了？"阿佳拉泽摇头表示不是。"那您是不是遇到什么难处了？跟我说说。"她看着达彭的脸说不出一句话来。达彭起身拿起茶壶倒了一杯茶给阿佳拉泽，她把碗和达彭的手一并抓起来说："达彭啊，如果你能在拉萨给我做女婿……"他盯着达彭的脸等待他的反应，达彭眼前顿时浮现出母亲沧桑的面孔和妹妹疲劳的身影，马上摇头表示不可以。他将自己的手缩了回来，坐在睡炕边低着头不说话。半辈子受尽苦难和折磨的阿佳拉泽想到自己刚才的行为，顿时感到既后悔又无助。她擦干眼泪露出慈祥的笑脸，散发出所有母亲与生俱来的慈爱，说："达彭啊，阿佳让你难为情了，你就当啥都没发生过，回去好好孝敬母亲，身为女人就是有很多伤心事，你们男人是永远体会不到的。"她起身给达彭倒了一杯酒，"你准备什么时候走？临走之前一定来一趟我家，我给阿佳吉巴带点儿东西略表心意。"达彭抬头再次看向阿佳拉泽，有一种像自己母亲的感觉，他说："阿佳拉泽，我回去后想带母亲和妹妹来拉萨朝拜，到时候咱们再聚。"他拿起桌上的酒杯干了后向门外走去，阿佳拉泽送他到门外。天将黑了，有些人家的窗户里闪烁着灯光。达彭高大的身影在凹凸不平的街道上渐渐地消失了。

寝殿的货车装满货停在大门旁，达彭和拉巴将东西装上车，坐在东西上从拉萨出发了。达彭挂念着阿佳拉泽和阿觉欧色，回到了自己的家。

他们在康马下车雇驴去岗柔，一到家即刻去拜见了庄主。达彭回到家跟母亲和妹妹，还有曲达他们详细说明了自己结束跟骡的工作回到家里的情况。母亲和妹妹高兴地乐开了花儿，曲达则只是笑了笑，心里却一点儿也不好受。达彭回到岗柔后，庄主给他安排了照看水磨坊的工作。这是要他离开村庄去偏远且无人相伴的水磨坊度过余生了。他虽然对这工作不是很感兴趣，但看到曲达便觉得待在水磨坊也挺好。达彭通水渠，照看磨坊，磨出的糌粑既细腻又好吃。他不仅受到庄里人的赞扬而且也深得庄主欢喜，庄主还给达彭加了薪水。达彭每次回家，曲达总是不给他好脸色，于是他不得不考虑自己今后的生活。他用自己攒的那点儿钱在庄园的羊圈旁盖了一间小房子，然后把母亲接过去两个人一起生活，妹妹潘多也经常去母亲哥哥身边。

那间白色的小水磨坊在岗柔庄园山脚的一个角落里独处一方，水渠里不分春夏秋冬不间断地流淌着纯净的水，磨坊的管家达彭从头到脚被裹上了一层白白的糌粑粉。一天上午，灿烂的阳光照射着宁静的岗柔村，小水磨坊矮小的门里低着头走出来身材高大的水磨坊管家达彭，他抬头眺望远处的村庄，见很远的田野边，朝水磨坊走过来驮着炒青稞的驮驴。突然，湛蓝的高空中响起一声清脆的鹞鹰声。一声过后，岗柔村庄再次变得像山中小庙一样宁静。